A
ÚLTIMA
HORA
DO
ÚLTIMO
DIA

JORDI
SOLER

A
ÚLTIMA
HORA
DO
ÚLTIMO
DIA

Tradução de
MARIA ALZIRA BRUM LEMOS

EDITORA RECORD
RIO DE JANEIRO • SÃO PAULO
2010

CIP-BRASIL. CATALOGAÇÃO-NA-FONTE
SINDICATO NACIONAL DOS EDITORES DE LIVROS, RJ

        Soler, Jordi, 1963-
S672u A última hora do último dia / Jordi Soler; tradução de
        Maria Alzira Brum Lemos. – Rio de Janeiro: Record, 2010.

        Tradução de: La última hora del último dia
        ISBN 978-85-01-08463-7

        1. Romance mexicano. I. Lemos, Maria Alzira Brum. II. Título.

                                        CDD: 868.99213
10-1608   CDU: 821.134.2(72)-3

Título original em espanhol:
La última hora del último dia

Copyright © Jordi Soler, 2007

Texto revisado segundo o novo Acordo Ortográfico da Língua Portuguesa.

Todos os direitos reservados. Proibida a reprodução, no todo ou em parte, através de quaisquer meios.

Direitos exclusivos de publicação em língua portuguesa somente para o Brasil adquiridos pela
EDITORA RECORD LTDA.
Rua Argentina, 171 – Rio de Janeiro, RJ – 20921-380 – Tel.: 2585-2000, que se reserva a propriedade literária desta tradução.

Impresso no Brasil

ISBN 978-85-01-08463-7

Seja um leitor preferencial Record.
Cadastre-se e receba informações sobre
nossos lançamentos e nossas promoções.

Atendimento e venda direta ao leitor:
mdireto@record.com.br ou (21) 2585-2002.

EDITORA AFILIADA

Eu volto para você fugindo do reino incalculável.
VICENTE HUIDOBRO

1

Eu queria ver Marianne morta. Queria que morresse, ou que alguém ou alguma coisa a matasse porque eu não tinha coragem nem força para fazer isso. Queria que aquela mulher que batia na minha mãe até deixá-la jogada no chão com sangue na boca desaparecesse. Queria até que isso aconteceu de verdade.

Marianne também batia em mim, mas o que de verdade me doía, o motivo pelo qual queria vê-la morta, era o sangue de mamãe. Com frequência sonho que fujo de Marianne, que estou correndo pela casa, fugindo dessa mulher que num momento e por qualquer coisa se enraivece e parte para cima de mim. Fujo como posso, ou tento, porque ela é muito mais alta e mais forte e na perseguição atira coisas, cadeiras, um cabide, a mesinha do telefone, objetos que às vezes a fazem tropeçar, e isso me dá fôlego e diminui, ainda que só por um instante, a angústia e a tensão. Corro perseguido pelo estardalhaço de coisas caindo e com ela me pisando os calcanhares, acossando e resfolegando como um animal, atirando as mãos para me agarrar pelo pescoço ou pelos cabelos. Corro como quem tenta fugir de uma onda enorme. Mais que de um sonho recorrente, trata-se de uma lembrança que não cessa, da reprodução contínua daquilo que de verdade acontecia. "O que de verdade me doía", "o que de verdade acontecia", "até que isso aconteceu de verdade"; não sei se é adequado que na primeira página de um romance apareça escrita tantas vezes a palavra "verdade".

Tudo o que eu conseguia fazer enquanto Marianne me perseguia era correr e pular para fora de casa pela janela, coisa que eu fazia num único salto limpo e que para ela, por ser maior, demorava aqueles segundos que eu aproveitava para correr pelo jardim rumo ao cafezal e me esconder, pois, se ela me pegasse no descampado, eu não tinha como me proteger e ficava à mercê de sua força e de sua fúria. Enquanto atravessava o jardim ouvia como minha mãe, alarmada pelo rebuliço da perseguição, pelo barulho que os objetos faziam ao cair, corria atrás da irmã para impedir que batesse em mim, e alguns passos atrás dela vinham Sacrossanto e mais gente, uma fila de pessoas tentando deter a louca que ofegava e exalava um bafo enferrujado a um palmo da minha nuca, e que muitas vezes conseguia me acertar um tapa antes que eu alcançasse o cafezal, e esse tapa bastava para me jogar no chão e em seguida ela caía em cima me esganando e nesse instante, quase sempre, porque às vezes dava tempo de ela me moer de pancada, minha mãe tentava segurá-la pelas costas e então as duas caíam no chão, e eu as via enroscadas rolando para o cafezal, minha mãe tentando conter Marianne e Marianne batendo nela sem piedade no corpo e no rosto, com um punho fechado que fazia barulhos arrepiantes ao se chocar com a pele e os ossos, e um pouco mais tarde, quase sempre, porque às vezes dava tempo de moê-la de pancada, chegava Sacrossanto para separá-las, ou meu pai, ou Arcadi, melhor dizendo, chegavam para tirar Marianne de cima dela e submetê-la pela força, quando conseguiam, porque havia ocasiões em que o primeiro que tocava nela saía voando por um soco ou uma sacudida furiosa e ao final o que restava eram as duas mulheres atiradas no chão, com os cabelos e as saias revoltos, sem um sapato quase sempre, minha mãe ferida e Marianne submetida pela força de duas ou três pessoas, com a cabeça no chão, sem tirar nem um instante os olhos de cima de mim enquanto alguém lhe aplicava uma injeção que a enviava rapidamente para um limbo químico. Depois a levavam arrastada e ela, quase desmaiando, olhava para mim desafiante com seus olhos azuis, meio escondidos atrás de um matagal de cabelos desgrenhados e cheios de suor e capim. A cena daquelas duas mulheres adultas brigando a safanões era para mim o fim do mundo, o mundo se acabava no sangue que saía do nariz ou da boca de minha mãe, e por isso eu queria ver Marianne morta; não suportava que batesse na minha mãe, e, principalmente, não suportava que batesse nela por minha causa.

    Essa história com Marianne, que com os anos foi se transformando num sonho recorrente, voltou com toda a nitidez há algumas semanas quando Laia, minha mãe, ligou para me contar sobre uma visita que fez ao senhor Bages. O telefone tocou quando eu estava na frente do computador, concentrado no meu trabalho, a um oceano de distância da selva onde nasci e cresci, e à medida que ela ia contando o que tinha para me contar, eu pensava que, por mais longe que eu vá, aquela selva sempre acaba estendendo um tentáculo que me leva de volta. O que Laia me contou então foi que Arcadi, seu pai, tinha deixado uma complicação legal ao morrer e que agora, ao tentar vender o que resta naquela selva, tinha descoberto que a casa de Bages estava construída justamente no terreno que, por alguma razão que prometeu me explicar depois, com as plantas do prédio na mão, nos pertence. Não me importava nada o que minha mãe estava dizendo, eu estava na frente do computador escrevendo um romance que se passava em Dublin e não tinha a mínima vontade de me envolver em sua história. "O que você tem que fazer é deixar o Bages em paz, resta-lhe pouco tempo de vida e assim que ele morrer, poderá recuperar o seu terreno", disse-lhe frisando o "seu", para que ficasse claro que eu não tenho nada lá. Mas ela prosseguiu e, enquanto eu me punha a andar de um lado para o outro, um pouco desesperado, entre os móveis de meu escritório, ela começou a me contar sobre a visita, sua viagem de carro a La Portuguesa desde a Cidade do México e seu encontro com o velho republicano que à força de uísque se transformou numa ruína, na perfeita metáfora daquela fazenda de café que foi minha casa. Tudo o que Laia falou por telefone continuou me importando pouco, o que é certamente um mecanismo de defesa contra aquela selva que o tempo todo irrompe na minha vida e nos meus sonhos, mas assim que começou a me contar o confronto que tinha tido com uma das criadas de Bages, parei de perambular mal-humorado pelo escritório e me sentei na borda da cadeira: a criada, para defender o patrão da espoliação que equivocadamente interpretava na conversa, tinha partido para cima dela, e na contenda Laia luxou um braço. Continuando, enquanto eu ia caindo no abismo do meu sonho recorrente, enquanto a via outra vez atirada no chão com a boca cheia de sangue, pediu-me que fosse falar com Bages. "Moro em Barcelona, mamãe, a 12 horas de avião, temos um oceano entre nós, lembra?", disse, abandonando de um salto a borda da cadeira e me pondo a perambular outra vez mal-humorado. Quando desliguei o telefone tinha certeza de que não iria, veríamos, e assim disse, se nas férias de verão, durante nossa viagem anual ao México, o assunto continuasse vigente, estando lá, daria uma fugida para conversar com o velho Bages. Mas acontece que alguns dias mais tarde recebi um terceiro diagnóstico sobre meu olho esquerdo, tinha visitado os três melhores oftalmologistas de Barcelona e nenhum tinha conseguido me livrar de uma pomposa infecção, agudizada pelas horas que passo todos os dias na frente do computador. Os dois primeiros me receitaram um tratamento com antibióticos que tinha funcionado apenas durante o período em que estava tomando os remédios, e o último propôs um tratamento similar, com outra combinação e outra dosagem, que basicamente era a mesma coisa. Quando estava avaliando procurar ou não um quarto oftalmologista, encontrei-me com Màrius tomando café no balcão do Tívoli, um lugar que fica entre a minha casa e a dele, e ao ver que eu continuava com o olho esquerdo ruim, disse-me o que eu já começava a pensar: "A única pessoa capaz de curar esse olho é a xamana." "Esta é a conclusão a que estou chegando", disse a Màrius, esse homem que além de ser meu vizinho nasceu em La Portuguesa como eu, naquela selva de Veracruz que irrompe na minha vida o tempo todo. De maneira que alguns dias depois decidi juntar os dois projetos, falar com Bages e visitar a xamana, e comprei uma passagem da KLM para voar para o México.

2

Animados por Lauro e El Titorro, havíamos entrado no estábulo das vacas, justamente onde meu pai tinha dito que não queria nos ver nem por engano. O estábulo era um território proibido para nós na medida em que o associavam àqueles rapazes que, sem nenhum escrúpulo, embora os sustentassem e animassem para que um dia saíssem da vadiagem, roubavam sacos de café do depósito, ou latas, pacotes e garrafas das casas, que depois vendiam no mercado de Galatea. Aquilo era o trópico, a selva que tudo apodrece e corrompe, o paraíso corrompido pelas feras e pelos insetos insalubres, e pelas plantas e raízes e extensões nodosas daquelas plantas que se não as cortássemos todo o tempo com o facão podiam acabar devorando o caminho e as casas. "Caiu no sono junto a um loureiro-da-índia e à tarde acordou abraçado por uma raiz", assegurava El Titorro que tinha acontecido com seu pai uma vez que dormiu de porre. "Pura invenção", dizia a El Titorro o capataz cada vez que o surpreendia contando a aventura do pai, "o que acontece", completava o capataz, "é que seu pai é um bêbado", e dizia como se isso fosse um problema naquele cu vegetal de mundo, onde a única forma de vislumbrar alguma coisa promissora era com uma boa dose de bebida circulando pela corrente sanguínea. Lauro e El Titorro guardavam uma parte das garrafas que roubavam para beber no crepúsculo, na hora em que as moscas caíam em cima de qualquer corpo com sangue, na hora em que o sol ia se pondo e com sua decadência semeava a selva de melancolia, de uma tristeza úmida e vital que era preciso combater com alguns tragos. Arcadi e seus colegas eram de uísques e destilados, e no caso particular do senhor Bages os uísques, já desde aquele ano de 1974, começavam a ocupar um espectro amplo e generoso que iniciava às sete da manhã, quando preparava sua primeira dose, e terminava, ou declinava, ou caía de bruços para ser mais específico, por volta das 21h30, hora do seu crepúsculo pessoal que o alcançava sempre em algum dos bares ao ar livre, todas as noites da mesma forma, que era ir despencando pouco a pouco até que sua cabeça rolava corpo abaixo e batia de frente na mesa, ou ficava caído sobre o braço da cadeira ou, como aconteceu em muitas ocasiões, a cabeça caía tão abaixo do corpo que ele mesmo acabava de bruços no chão e então seus amigos, que observavam crepúsculos menos violentos, auxiliavam-no, jogavam-lhe um casaco ou uma toalha em cima quando soprava o norte e fazia frio, e lhe espantavam periodicamente do pescoço e da cara as borboletinhas e os louva-a-deus, e quando já estavam indo cada um para a sua cama, para administrar cada um o seu crepúsculo, avisavam Carmen para que enviasse o ajudante ou uma das criadas para recolher seu marido. Tudo isso era parte do cotidiano, ninguém pretendia que naquela fazenda de soldados exilados, de catalães sem pátria, de espanhóis filhos de Hernán Cortés cercados de indígenas vingativos, tivesse que se viver a seco. A dose exagerada de realidade que havia na fazenda exigia doses igualmente exageradas de álcool, de destilados, de uísques e de garapas, e também do gim que vinha da Inglaterra e que era o que Laia e Carlota bebiam, e conto isto para que se entenda por que, cada vez que alguém me pergunta como os soldados que tinham perdido a guerra aguentavam o exílio, ou como a minha família conseguia viver naquela selva tão longe de Barcelona, eu respondo que bêbados, que graças a esta ficção de esperança que proporciona meia garrafa, e quando me perguntam pelo saldo real do exílio, pelo que ficou e nos deixaram aquelas décadas de fazenda de café, nunca digo nem que nos tornamos profundamente republicanos, nem que com o passar do tempo fomos vendo que não éramos nem mexicanos nem espanhóis, nem que nos convertemos em uma família raivosamente antifranquista, mas sim digo, respondo, sem a menor malícia nem cinismo, que o único saldo real é que fomos nos transformando em uma família de alcoólatras, e penso e digo e agora escrevo isto com toda a objetividade, sem considerações morais, porque afinal sobreviveram, levaram em frente aquela tribo lançando mão do que havia, pelo que servia para não desabar, para não perder a cabeça e todo o julgamento em episódios negros como aquele desastroso dia da invasão. Mas estava eu contando daquela vez em que Joan e eu, animados por Lauro e por El Titorro, e também pelo álcool, fomos nos meter no estábulo que não era nada especial por si mesmo, mas que com a companhia desses dois rapazes se transformava num lugar proibido pelo meu pai. Assim fomos caminhando à noite pelo cafezal, enquanto em algum dos bares se bebiam *menjules* e uísques e se conversava sobre a colheita de café, ou sobre as exageradas exigências do prefeito Changó, ou sobre quando chegaria o dia em que o filho da puta do Franco ia morrer e todos os republicanos abandonados naquela selva, "abandonados pela mão de Deus", iam poder voltar para suas casas. Íamos ouvindo tudo isto como um murmúrio que ia ficando para trás e sendo substituído pelos ruídos da selva, esse fragor surdo que não cessa, esse estrondo velado e contido por tantos galhos, a música contínua dos grilos, das cigarras, quebrada todo o tempo por uma coruja, uma urraca, um anu, o guizo de uma cobra, o grunhido de um cão ou de um porco, o relincho de um cavalo, o berro despreocupado de um bode ou de uma vaca, ou o passo categórico do elefante; esse era o fragor que ia sepultando o ruído do bar, e conforme nos afastávamos das casas eu ia me entusiasmando mais e mais com a perspectiva de fazer alguma coisa proibida e, sobretudo, de fazer algo com eles, de compartilhar o que fosse com aqueles dois rapazes indígenas a quem desprezavam e deixavam à margem, porque sempre tinha ficado claro para nós que os donos da selva eram eles, eles sabiam como se conduzir dentro dela e como controlar suas feras, dominavam o território, enquanto nós vivíamos na nossa Catalunha de ultramar, no nosso país de mentiras, onde se vivia e se falava e se vestia como se estivéssemos na rua Muntaner e não nessa selva infecta e fantástica. Além do mais eles sabiam que nossa estada era passageira, que algumas décadas não significavam nada na sua dinastia que se media em milênios, eles sabiam que ao cabo de um tempo iríamos embora dali e que a fazenda de La Portuguesa seria devorada pela vegetação e que nossa passagem seria apagada pela selva, que de nós não ficaria nem rastro, como de fato aconteceu e eu pude comprovar muito recentemente. Joan e eu seguíamos Lauro e El Titorro cafezal adentro rumo aos estábulos, bebendo os quatro fraternalmente da mesma garrafa que tinham roubado da nossa despensa, e para nós não importava, naquela noite de camaradagem intensa, que praticamente houvéssemos assinado o projeto de assaltar nossa própria casa para repartir o butim entre os que tinham menos, entre os pobres que viam de longe nossas refeições dispendiosas, e nossa roupa cara que nos compravam na Cidade do México e nossa televisão; nesse estado de ânimo chegamos ao estábulo, sentindo-nos tão filhos da selva quanto eles, sentindo-nos dos seus, uma ilusão que não parecia ser uma, que tinha cara de ser uma verdade evidente, tão real quanto o estábulo e a palha e a terra batida e lamacenta que pisávamos e o cheiro de merda de vaca que invadia tudo, o mesmo cheiro que sentíamos os quatro e que nos tornava, eu e Joan, partes dessa coisa real. "Faça-me uma escadinha", disse Lauro a El Titorro, e este subiu como um macaco num mezanino onde havia sacos de ração e em um momento desceu com uma lamparina de azeite e alguns fósforos. A chama que Lauro acendeu produziu um feixe modesto porém suficiente para vislumbrar grande parte do estábulo, as vacas, os currais e abaixo nossos sapatos cheios de lama, e minha calça rasgada por algum galho que enganchou em nossa passagem pelos pés de café, duas coisas, a merda nos sapatos e minha roupa rasgada, que confirmavam a realidade daquilo que estava acontecendo ali, e que me infundiram um ânimo maníaco que servia para rebater o desânimo crescente do meu irmão, que começava a ver com sérias dúvidas nossa presença naquele estábulo, nosso empenho para ser como aqueles garotos da selva. Uma vez acesa a lâmpada, Lauro ofereceu uma última rodada de tragos e enquanto bebia o seu relacionou cada um com uma vaca e esclareceu que tinha eleito "as mais mansinhas", porque ele e El Titorro já tinham opinião sobre todas, e a manifestação desse conhecimento que eles possuíam e nós não provocou-me no ânimo um descalabro que não contabilizei para não minguar meu processo de integração, então me concentrei em seguir os passos de Lauro que, depois de designar a cada um sua vaca, tirou as calças e montou na dele, e no que subia no lombo do animal, com a ajuda de umas caixas de madeira, pudemos ver, com a luz trêmula do abajur, que tinha uma ereção desproporcionalmente longa, um pau magro e nodoso como um caule que inseriu com grande precisão, depois de afastar o rabo, com uma delicadeza que parecia deslocada. El Titorro pegou outras caixas e seguiu um a um seus passos, e antes que a vaca se desse conta, cravou-lhe um pinto achatado e grosso, e antes que Joan e eu pudéssemos reavaliar nossa integração com a selva, os dois já se mexiam de um lado para o outro com bufidos teatrais em cima de suas vacas e aproveitavam para lembrar-nos da superioridade que lhes davam a altura e essa ginástica inquestionavelmente viril, que éramos duas bichas, veados, maricas, invertidos, mamões, arrombados e putos, e foram intercalando tudo entre os bufidos, e nós, em vez de mandá-los à merda como correspondia, ficamos pasmos, porque no fundo invejávamos a resolução com que estavam atados à sua terra e ao seu tempo, e um instante depois, pelo que invejávamos e para abafar os insultos, agarramos as caixas e subimos cada um na sua vaca, eu com os sapatos cheios de lama e sem a calça que um galho tinha rasgado e assim, com certo desespero porque me urgia deixar de ser bicha, veado, invertido e puto, fui metendo e comecei a sentir prazer, um prazer sujeito aos componentes dessa integração que eu buscava, como se eu envolvido dentro da vaca tivesse sido, durante esse lapso, parte real da selva, como se durante esse parêntese se fundissem por fim meus dois mundos.

A lâmpada se apagou quando terminamos, procurei às cegas por minhas calças e ao vesti-las percebi que tinham se enchido de merda e lama, eu as tinha deixado penduradas numa cocheira, perto demais das patas da vaca, e ela as tinha pisoteado e esfregado na lama do chão. Saindo para o campo vi, com a luz da Lua, que eu era o único que tinha sujado as calças; Joan, que tampouco era um menino da selva, tinha as suas limpas e inteiras, sem merda nem rasgões. Íamos os quatro em silêncio pelo cafezal, nenhum se atrevia a falar, nem sequer eles que alguns minutos antes, da imponente altura de suas vacas, tinham nos insultado a seu bel-prazer; caminhávamos em um silêncio que eu agradecia porque não desejava ouvir comentários sobre minhas calças cheias de lama, que era o que na verdade me preocupava porque aquelas manchas contrastavam com as calças limpas dos meus três acompanhantes, falavam da minha incompetência naquele território que era meu, porque ali tinha nascido e ali estavam minha família e minha casa. Caminhávamos em silêncio rodeados por aquele fragor de insetos e feras que não cala nunca, absorvidos pela umidade e pela bruma e pelos aromas verdes e vivos da seiva, aturdidos por aquela vitalidade exacerbada da selva, que se limitava o tempo todo com a transgressão.

3

De repente Marianne aparecia como uma fúria, nunca se sabia bem por que, nem o que seria capaz de fazer, aparecia feito um basilisco com a cabeleira loura desordenada e seus olhos azuis e estrábicos, e o que restava era fugir apavorado e esconder-se debaixo de uma poltrona ou de uma caminhonete, ou em cima de uma árvore ou no cafezal, embora ali, se a gente não tomasse cuidado para não ser visto entre as plantas, corria o risco de ser descoberto e de ter a mesma sorte que havia tocado por exemplo a Lauro, para citar um caso, um percalço que tenho fresco na memória, esse do Lauro, filho da Teodora, uma das criadas, que por incauto, por não ter se escondido bem e ter deixado um joelho para fora, ao léu, tinha sido descoberto por Marianne, que, sem perder um instante, meteu a mão entre dois pés de café e tirou o garoto que chorava e gritava pedindo clemência, ou auxílio a alguém que andasse por perto, porque ele já tinha a mão daquela mulher furiosa no pescoço e estava a ponto de receber dela o murro que ia mandá-lo cafezal adentro com o nariz quebrado e um borbulho de sangue no meio do rosto que ia se transformar em lama assim que desse com a testa na terra, e a coisa teria ficado mais feia, como tinha ocorrido mais de uma vez, se não fosse por Laia ter ouvido que a irmã escapara feito uma fúria, porque embora estivesse longe Laia ouvia sempre o rebuliço que suas fugas provocavam, a porta batendo na parede, as coisas que iam caindo à sua passagem e os gritos das criadas avisando que a senhorita Marianne tinha escapado, e isso bastava para que Laia saísse disparada porque no meio dessas refregas costumavam estar sempre seus filhos, Joan e eu, e as outras crianças da casa que deixavam Marianne doente, e Laia costumava chegar rapidamente armada com uma vassoura, uma vassoura inútil que nunca usou, e percorria a grandes pernadas o cafezal, guiando-se por nossos gritos histéricos, até que dava com Marianne, que sempre estava fora de si, no processo de açoitar alguém com a força bruta de seus 20 e tantos anos, sua força incomensurável, sua força sem rédeas de louca que era quase sempre incontrolável, e então quando Laia dava como deu então com ela, gritava-lhe que parasse, que deixasse em paz aquela criatura, ou aquele senhor quando era o caso, e então Marianne se esquecia de sua vítima, como se esqueceu naquele dia de acabar com Lauro que sangrava na terra, e lutava, com fúria redobrada, com a irmã que já estava ali diante dela, armada com sua vassoura absurda e suportando a pressão da gritaria das criadas, e de Sacrossanto, e de Carlota, que lhe pedia chorando que não a machucasse, a horrenda pressão de ter que espancar a irmã porque senão ela era capaz de matar alguém, e ali, no meio da gritaria, toda arranhada pela correria através do cafezal, Laia fazia gestos e ameaças com sua vassoura inútil, enquanto a irmã lhe acertava pancadas efetivas e cuspidas e dentadas e pontapés que minha mãe evitava como podia, ou que às vezes não conseguia evitar e costumavam curvá-la de dor com sua vassoura tola entre os braços, e esse era o momento que Marianne aproveitava para chutá-la mais ou para buscar uma pedra com que lhe abrir a cabeça, e quando a coisa chegava a esse extremo, como tinha chegado naquele dia em que Lauro foi a vítima, Sacrossanto, que era um rapaz desnutrido e bem menos sólido que minha mãe, tinha que intervir e, apoiado e ajudado pelas criadas, tentava conter Marianne, geralmente sem muito êxito porque a senhorita era bastante mais alta e mais forte que todos eles, bastava-lhe uma sacudida para tirá-los de cima, para que saíssem voando um a um pelos ares e fossem caindo no meio do cafezal, mas aquela resistência fraca servia pelo menos para dar tempo a que Arcadi chegasse, ou meu pai, ou o senhor Rosales, que era o capataz da fazenda, e então sim, um dos três saltava sobre a fera que era minha tia louca e a atirava ao chão e se sentava em cima dela com o corpo todo tentando se desviar das mordidas e das cusparadas e nisso chegava Jovita com a injeção, aquela seringa cheia de líquido âmbar que lhe enfiavam num ombro, ou numa coxa, ou onde desse conforme tivesse caído no chão, conforme tivesse se colocado o homem que tentava controlá-la com o corpo todo, e uma vez injetada sua fúria começava a amainar e em alguns poucos segundos, um minuto talvez, parava de cuspir e de dar mordidas e de gritar insultos e pouco a pouco, invadida pelo bálsamo cor de âmbar que percorria seu organismo, ia se acalmando e adormecendo até que chegava a um ponto em que era possível duas pessoas carregarem-na até seu quarto. A seringa era o remédio extremo que aplicavam quando a fúria de Marianne saía do eixo, ou seja, com muita frequência, e no resto do tempo conseguiam mantê-la dentro de uma relativa normalidade com sua dose pontual de mesantoína e de fenobarbital, os comprimidos que dopavam a fera, idiotizavam-na e lhe afrouxavam a tensão da mandíbula, isso, mais a baba começando a escorrer, era sempre boa notícia, era o anúncio de que estávamos atravessando um período de calma em que a gente não tinha que andar se cuidando das suas investidas, *fair weather*, mar calmo, um período em que entretanto era preciso vigiar, era preciso ir observando como os comprimidos perdiam seu efeito e também calcular quando a fera podia começar a se espreguiçar, quando já não havia baba e começava a pousar nos objetos seus olhos estrábicos, uns olhos que não podiam ser corrigidos com óculos porque Marianne nos seus períodos iracundos os quebrava, uns olhos que se adivinhavam embaixo da grenha cheia de lama e baba que lhe cobria parcialmente o rosto; uns olhos que semeavam o terror quando pousavam em mim e me obrigavam a comprovar obsessivamente, com olhares nervosos, que a corrente estivesse bem presa na parede e que Marianne estivesse bem presa na corrente. No meio da tarde, para reforçar a medicação que vinha depois do almoço, Jovita ou dona Julia aparecia com um remédio da xamana disfarçado de lanche, um copo espumoso carregado de tílias e flores mercuriais, e algumas substâncias mais obscuras que a xamana extraía do fígado dos macacos, ou isso dizia para deixar claro que seus remédios eram tão efetivos e sofisticados quanto o fenobarbital e a mesantoína que chegavam toda semana da capital. Embora seja verdade que mais de uma vez a viram subindo numa árvore ou saltando de um galho a outro atrás de um símio, uma coisa inverossímil porque a xamana era uma mulher lenta, gorda e forte, mas nessas situações, e em algumas outras, não era estranho vê-la correr no meio da selva, ou melhor, ouvi-la correndo, com uma agilidade sobrenatural e também com um grau de destrutividade comparável apenas ao do elefante que vivia conosco e que, como a xamana, mais que se deslocar pela selva, ia abrindo uma brecha nela.

Não se podia deixar Marianne sozinha, e depois da poção da xamana a sentavam novamente na sua cadeira de balanço na varanda, para que se distraísse e tomasse ar enquanto chegava a hora do jantar e com ela o bendito momento em que voltariam a dar-lhe a mesantoína e o fenobarbital, mas enquanto essa hora não chegava, para não correr riscos e sendo consequentes com o acordo a que Arcadi tinha chegado com os outros donos da plantação, colocavam em Marianne, por precaução, uma elegante gargantilha que fechava com chave e que estava presa a uma corrente que ia dar num gancho pregado na parede, aquela corrente e aquela amarração que eu observava com apreensão cada vez que minha tia começava a despertar de sua letargia química. Um remédio desumano pelo qual ninguém nunca dava explicações, imagino que porque tinham chegado todos juntos, a família e os vizinhos, até esse ponto, até essa solução inevitável porque quando Marianne começou a crescer deixou rapidamente de ser a joia de La Portuguesa, deixaram de lembrar que era a primeira filha do exílio nascida ali, deixaram de ter em conta que ela era a ponta da prole de republicanos nascidos no México, e começaram a vê-la como uma ameaça, porque aos 15 anos era uma mulher perfeitamente desenvolvida que falava e se comportava como uma menina de 3, e esse desequilíbrio entre o cérebro e o corpo foi ficando mais evidente conforme o corpo crescia e se desenvolvia, e então as birras de criança, suas contrariedades, porque além do mais tinha péssimo gênio, foram se transformando nas crises e ataques de uma mulher louca, que além do mais tinha uma força descomunal e causava pânico e assim, eventualmente de um dia para outro, a menina se transformou nisso, na louca, e começou a fazer coisas que pegaram todos desprevenidos, tapas na mãe e na irmã, tapas nas criadas, episódios horríveis que as pessoas que viviam com ela e que a tinham visto nascer conseguiam suportar e tolerar, pelo menos por um tempo, enquanto pensavam o que fazer com ela, mas outra coisa bem diferente eram as pessoas de La Portuguesa, as outras famílias que também aguentavam no início a filha louca de Arcadi e Carlota, e que depois de vários incidentes já não tinham por que fazer vista grossa e começaram a exigir de Arcadi o mínimo que se pode pedir a um chefe de família: que pusesse ordem em sua casa, que colocasse Marianne nos eixos porque a situação tinha ultrapassado rapidamente os limites, e a apreensão que suas explosões geravam deixava a plantação em estado de sítio. De um dia para outro se deram conta de que a coisa estava fora de controle, numa manhã em que Bages, como fazia todos os dias desde que tinham fundado a plantação, hasteava uma velha bandeira republicana, que tinha carregado e defendido durante todo o seu exílio pela França, num mastro que tinha colocado em frente à sua casa. Tratava-se de uma cerimônia afetiva que Bages fazia sozinho, mas que era importante porque todos eles consideravam La Portuguesa como seu país no exílio, sua república, sua Catalunha, a Espanha que restava, e a bandeira de Bages, e sua cerimônia, reafirmava-lhes tudo isso, era um gesto sentimental e por isso tremendamente efetivo, bem ao estilo do astronauta que crava sua bandeira na Lua e isso é suficiente para que sinta que lhe pertence. Naquela manhã Bages amarrava sua bandeira na corda do mastro quando Marianne se aproximou para ver o que ele estava fazendo, coisa normal naquele jardim que era de todos, mas que Bages não achou nada normal pelo gesto que a menina fazia, seu meio sorriso e sua evidente vontade de aprontar alguma, assim que a cumprimentou de forma breve e cortante, quase sem olhar para ela, procurando não lhe dar conversa porque queria completar sua cerimônia íntima em paz, aquela cerimônia que só ele fazia, exceto por dois dias em que a malária o tinha prostrado na cama, e então Arcadi tinha se encarregado de hastear a bandeira pela manhã e de arriá-la à tarde, tudo sob a ciumenta supervisão de Bages, que observava os movimentos do companheiro da janela, com um vidro entre eles e apoiado em duas de suas criadas. Conheço esses detalhes porque Laia tem uma fotografia daquele momento que ela mesma intitulou na parte de trás com uma letra alongada e preta traçada com esferográfica: "Papai hasteando a bandeira." Nessa imagem pode-se ver o que descrevo, Arcadi puxando a corda do mastro e a bandeira subindo a meio-pau e Bages, de roupão e pijama, descabelado e peludo, com cara feia de malária e suas duas criadas lhe servindo de apoio, uma delas Chepa Lima, a velha mucama que recentemente se agarrou a tapas com Laia por causa do último terreno que resta em La Portuguesa. Desde então as criadas, e isto é o que agora mais chama minha atenção nesta fotografia, são a parte fundamental da vida de Bages, e embora na época ele continuasse hermeticamente casado com Carmen, alguém observador teria podido prever a forma como ia acabar vivendo, rodeado daquela máfia que não o deixa nem de dia nem de noite, aquele grupo de cinco ou seis garotas índias que moram há anos com o velho soldado e que, de uma forma estranha, eu diria que inclusive sinistra, inverteram o paradigma mexicano do branco que governa o índio, porque naquela casa o único que não manda é o patrão, ali sim se consumaram cabalmente a independência do império espanhol e a revolução mexicana, as índias mantêm oprimido o velho que, aos seus noventa e tantos anos, conforme me disse Laia, continua se apaixonando por suas carnes morenas e também continua dando uma de vez em quando, o velho íncubo. Mas volto para a manhã em que Bages hasteava sua bandeira observado de perto por Marianne, num momento em que a relação da menina com a plantação estava muito tensa, porque já tinha feito uma série de vandalismos que as outras famílias não tinham por que tolerar, por isso Bages tinha optado pelo cumprimento breve e cortante, pretendia cumprir rapidamente sua cerimônia e depois ir para o escritório atender os assuntos do dia, mas acontece que Marianne detectou a hostilidade que sem dúvida tinha tido o cumprimento e passou, de maneira explosiva como sempre acontecia, a bater na bandeira enquanto dizia violentamente a Bages que ela queria fazer a cerimônia. Bages a afastara e dissera, outra vez breve e cortante, que ninguém a não ser ele podia fazer aquela cerimônia, coisa que era verdade porque então a malária ainda não o tinha posto dois dias fora de combate. Marianne entendeu, ou isso foi o que Bages acreditou, e foi embora chorosa e cabisbaixa, mas alguns instantes depois, quando a bandeira tinha alcançado sua máxima altura e Bages amarrava a corda no mastro, Marianne chegou por trás com um pau que arrebentou a cabeça do soldado. Sem permitir que esfriassem nem a pancada nem o ocorrido, Bages tirou o pau das mãos de Marianne e a arrastou até a casa de Arcadi, teve que carregá-la como um saco pela cintura enquanto ela gritava e esperneava, por isso quando chegaram à casa, Carlota, Arcadi e as criadas já estavam do lado de fora alertados pela gritaria, mas Bages ignorou o comitê de recepção, passou reto resmungando maldições em direção à sala do café da manhã onde fumegavam dois pratos intactos, e ali colocou Marianne numa cadeira, como quem larga um pacote, antes de sentar-se à mesa, coisa que fez com o pau ainda na mão ao mesmo tempo que começava a contar o que tinha acontecido, olhando severamente para Arcadi que, seguindo os passos do amigo, sentou-se na sua própria cadeira, diante de seu próprio prato ainda fumegante, para ouvir o que tinha para lhe dizer, nenhuma surpresa porque ali reluziam Marianne, o pau e a cabeça ferida de Bages, a sequência dos elementos que o próprio Bages narrava com um excesso de impropérios, nenhum para Marianne certamente, nem para eles que eram os pais, mas impropérios em geral e ao léu, via de escape para seu enorme aborrecimento, e enquanto desabafava e tentava expor, juntando calma, os extremos a que chegava aquela situação incontrolável, Carlota examinava o ferimento recém-aberto na cabeça e mandava dona Julia buscar algodão e gaze e um pouco de álcool para cuidar do novo estrago que sua filha causara, um estrago que se somava a outros e que começava a deixá-los numa posição incômoda diante do resto dos habitantes da fazenda, assim, enquanto Bages se queixava e Arcadi lamentava o ocorrido e prometia tomar medidas urgentes, Carlota e dona Julia limpavam o ferimento e o cobriam com gaze, observadas atentamente por Marianne, a causadora do estrago, que não se moveu da cadeira onde Bages a tinha depositado, e já então tomava uma das beberagens com ervas calmantes que a xamana tinha preparado. Nessa mesma noite Arcadi tomou as medidas mais drásticas que pôde, falou seriamente com Marianne, disse-lhe que se não se comportasse não ia ter outro remédio a não ser interná-la em um sanatório, opção que nem ele nem Carlota se atreviam sequer a contemplar, mas que se não houvesse solução efetiva iam acabar fazendo. Por outro lado, Marianne simplesmente não entendia a ameaça do sanatório, e como Arcadi nessa noite estava por tomar medidas drásticas e evidentes, optou por redobrar, depois de consultar por telefone o doutor Domínguez, as doses de fenobarbital, um remédio francamente bestial, resultado da situação extrema, do entorno em que viviam e suponho que da época, princípios dos anos 1970, quando as crianças nasciam de mães dopadas por coquetéis de barbitúricos e os médicos receitavam talidomida com uma leviandade histórica, época em que os "efeitos colaterais" não eram um fator a considerar na hora de medicar. Nessa noite Arcadi, posto a tomar medidas que fossem bem evidentes para a comunidade, além de redobrar a dose do fenobarbital, encarregou Jovita e Sacrossanto de não deixarem nunca Marianne sozinha e intervir em qualquer ato dela que pudesse derivar em desastre. As medidas drásticas de Arcadi funcionaram até que uma semana depois da paulada em Bages deixaram de funcionar, durante um almoço oferecido por Puig na sua varanda para o prefeito de Galatea, um almoço crítico que faziam periodicamente, cada vez que as forças do entorno transbordavam contra os cinco estrangeiros que possuíam a plantação, por causas que estavam geralmente fora de seu controle e que sempre obedeciam ao mesmo motivo: os índios, os habitantes daquelas terras, queixavam-se de que os espanhóis ou falavam muito duro com eles, ou os faziam trabalhar muito, ou não respeitavam esta festa ou aquele feriado, ou qualquer outro motivo exposto sempre do ponto de vista do trabalhador explorado frente ao explorador, que além do mais era estrangeiro e falava uma língua estranha, e esses argumentos, cuja tradução prática era o puro ressentimento que toda a região sentia frente à plantação, eram extremamente úteis para os governantes da região, por exemplo o prefeito, porque lhes permitia ameaçá-los periodicamente, de maneira encantadora e com alguns tragos no meio, com o artigo 33 da Constituição mexicana que facultava expulsar do país qualquer estrangeiro que atentasse contra a ordem e a feliz convivência da sociedade, coisa que pela ótica do trabalhador indígena e explorado, que era invariavelmente a ótica do prefeito, era delito suficiente para expulsar todos os estrangeiros de La Portuguesa e do país; e embora os patrões, formados todos no partido comunista, na guerra que tinham perdido, e na injustiça atroz do exílio, não fossem capazes de explorar ninguém, não queriam expor-se a discutir muito o assunto e simplesmente aceitavam as multas preventivas que o prefeito estabelecia, multas cujo pagamento rápido tornava surdos os ouvidos dos funcionários, tornava-os incapazes de tomar conhecimento das queixas exageradas, quando não inventadas, dos trabalhadores, e evitavam que os soldados republicanos e suas famílias tivessem que partir para um segundo exílio. Aquelas multas preventivas eram um primor, iam da doação para pavimentar ou iluminar tal rua à compra de uma caminhonete para a amante do prefeito ou do terreno onde o governador de Veracruz, uma vez terminado seu mandato, planejava construir uma casa para se aposentar, um primor aquelas multas das quais não ficavam nem atas, nem comprovantes, nem recibos, e que se estabeleciam naqueles almoços periódicos em La Portuguesa, no momento em que chegavam à mesa os havanas e as bebidas fortes. Justamente nesse momento, naquela tarde, apareceu Marianne, quando começava a anoitecer e fumar se tornava uma urgência para combater os esquadrões de mutucas e pernilongos que caíam em massa assim que acendiam a luz elétrica, apareceu na hora das negociações formuladas e engolidas à força de Gran Duque de Alba importado, na hora em que estava em jogo, pela enésima vez, aplicar ou não o temível 33 diante do prefeito, que era então um tal Froilán

Changó, que estava havia quatro anos no poder e a cada visita à fazenda ficava mais insaciável. Changó era um gordo que, com exceção do dia do show de sua despedida, vestia sempre cáqui, o eco militar de seus antepassados, e que nessa ocasião ocupava, como em todas as anteriores, a cabeceira da mesa, um espaço amplo que Puig tinha projetado para si, de onde podia lançar mão das garrafas do bar, da campainha com que chamava o serviço e gozar da melhor vista da mesa que era o enorme vulcão que surgia da selva como um cone azul com neve na ponta. Puig afirmava que do seu lugar, logo depois de passar meio almoço exposto à vista majestosa, de tanto levar os olhos àquele pico longínquo com neve, começava a sentir frio, não importava que a selva fervesse; mas o corpo gordo de Froilán Changó não tinha termostato, ou talvez fosse míope e seus olhos não alcançassem o pico do vulcão, porque à medida que avançava o almoço ele ia suando e molhando a camisa cáqui temerariamente justa, que já na hora delicada dos aperitivos o suor tinha deixado de uma cor marrom forte. Os vinhos e os primeiros goles de brandy haviam deixado o prefeito alegre e também um tanto lascivo, porque entre gargalhada e gargalhada, como complemento para a enxurrada de obscenidades que tinha começado de repente a liberar, tocava a campainha para que viesse uma criada e, na sua qualidade de prefeito constitucional de Galatea, fazia-lhe alguma pergunta e de quebra lhe passava a mão enquanto retornava à gargalhada aberta e exposta, arqueado no encosto e mostrando a dentadura cinzenta onde faltavam quatro peças cardeais. Os patrões de La Portuguesa passavam mal nesses momentos em que o que cabia era sair correndo, mas seu dever era aguentar os desplantes da autoridade e tolerar qualquer excesso daquele porco que, se não fosse pelo poder ilimitado, nunca teria sido convidado àquela mesa; quero dizer que nesses almoços a corrupção era total: o prefeito ia extorquir aqueles estrangeiros que odiava e enquanto fazia isso almoçava com eles e fingia que estava se divertindo muito, e eles detestavam aquele porco que não passava de um valentão que periodicamente os dessangrava, e no entanto o tratavam com atenção, riam de suas piadas grosseiras e de suas obscenidades e não diziam nada quando ele passava a mão na bunda de suas criadas; e todo esse teatro servia para tirar da transação sua qualidade de assalto, quando talvez tivesse sido melhor o assalto em si, que o prefeito Changó os obrigasse com violência a dar-lhe dinheiro e pronto, perderiam a mesma coisa e economizariam esses almoços tão desagradáveis, a visão desse tapir metendo os talheres no focinho e pousando os beiços na taça, mas não, além do assalto havia que purgar a cerimônia, o circunlóquio, o desfrute, e naquela tarde em especial, justamente na hora dos tragos e charutos e mão na bunda e gargalhada exposta, Marianne, num descuido de Jovita e dona Julia, saltou para fora da banheira onde a ensaboavam, escapuliu do banheiro, do quarto e da casa e saiu correndo para o jardim, perseguida pelas criadas, por Carlota e Carmen, mulher de Bages, que a tinham visto passar nua diante da varanda enquanto fumavam e bebiam *menjul* e esperavam que o javali terminasse de dessangrar seus maridos, e tinham saído atrás dela derrubando no caminho a mesinha e as bebidas, e atrás ia Sacrossanto, para o caso de necessitarem de seu apoio, tentando olhar para outro lado porque lhe parecia impróprio que o vissem olhando para a nudez da senhorita, mas Marianne era muito forte e muito alta e muito veloz como já disse e em algumas pernadas atravessou metade do jardim e começou a dirigir-se, para desespero da Carlota e Carmen, para onde estavam a luz e a animação, que era a varanda do Puig onde fumava e bebia e tocava bundas e expunha os maxilares podres o prefeito constitucional pela graça da trapaça dom Froilán Changó, grande porco e excelentíssimo javali maior da região. Para aquela luz e aquela animação corria Marianne quando a criada, que esquivava uma das aproximações do elevado tapir, deu um grito e soltou a bandeja e levou as mãos ao rosto e olhou tão impressionada para o jardim que fez os comensais se virarem e fez com que a vista do prefeito que fumava e bebia e se desconjuntava olhasse na mesma direção e que nesse instante, turvado pela fumaça e pelo Duque de Alba, pensava que finalmente faziam justiça à sua pessoa e à sua linhagem com aquela loura que corria nua para o lugar onde ele bebia e se desconjuntava; mas González e Arcadi interromperam o delírio do prefeito Changó, saltaram em direção a Marianne e interromperam subitamente sua corrida, González que era grande e gordo a deteve, procurando passar pouco a mão e respeitar na medida do possível o corpo nu da filha de seu irmão de exílio, mas alguma coisa frustrou sua tentativa, uma mão desceu além das costas e Marianne respondeu furiosa com uma cabeçada que lhe fez jorrar sangue pela boca, sangue manchando sua barba vermelha, e em seguida gritou a plenos pulmões uma frase que se encaixou como uma luva no silêncio profundo que guardavam todos: não toque na minha bunda!, gritou sem saber que também o fazia por todas as criadas em que o prefeito tinha passado a mão e não se atreveram a gritar, como ela, que depois de dar sua cabeçada tinha sido carregada nua por Arcadi, que exercia seu direito de carregar a filha louca mesmo que fosse pela bunda, e a levava para longe dos beiços de Changó, parcialmente coberta pela toalha que Fontanet tinha arrancado apressadamente da mesa. Arcadi desapareceu pelo jardim com a filha nas costas, seguido pelas mulheres e por Sacrossanto, numa procissão à qual o vulcão, pintado nesse momento por um raio agônico de sol, dava um toque religioso. "E para onde estão levando a menina?", perguntou o prefeito, subitamente desinteressado de passar a mão na criada que o atendia, e antes que alguém pudesse responder apontou para Fontanet com o dedo indicador da mão onde fumegava o charuto e lhe disse, "e por que tanta pressa em tapar suas coisinhas?"; Fontanet, que chegava à mesa um pouco ofegante pela corrida que lhe tinham feito dar olhou para ele como se não conseguisse acreditar no que estava ouvindo e, quando estava a ponto de reclamar por aquilo que o prefeito tinha dito e que não podia ter lugar naquela mesa, Bages o deteve e começou a dizer ao convidado que Marianne era doente, que sofria de retardamento mental e que não era responsável por seus atos e que o que tinha acontecido é que a menina tinha fugido do banho e começado a correr, nada mais, que a mulher que tinha chegado correndo até ali era na verdade uma criança atrás de um corpo de mulher. "Pois melhor!", interrompeu o prefeito Changó, e depois se desmanchou numa sequência de gargalhadas, com tapas na mesa, uma sequência que deixou todos gelados porque as multas preventivas que eram um primor nunca tinham chegado a esse nível, ou quase nunca, porque a verdade é que uma vez, bem no início de sua legislatura, Changó dissera a Fontanet, numa confidência entre uma tequila e outra, com a boca babante e quente bem perto da sua orelha, que preferia negociar o artigo 33 da Constituição com Carlota, com Carmen e com Isolda, e que negociando com elas era provável, se eles estivessem interessados, que conseguisse a nacionalidade mexicana para os exilados de La Portuguesa, para que não tivessem que continuar lutando com o temível artigo da Constituição. Fontanet não soubera o que responder então, simplesmente ficara calado enquanto a boca babante e quente se afastava do seu ouvido e passava sem mais a outro assunto, a lhe perguntar como era a vida na Espanha e em seguida a lhe dizer diante de todos, e quase aos gritos, que comparada com a Revolução Mexicana a Guerra Civil tinha sido uma veadagem, que de maneira nenhuma podiam comparar "aqueles putos *gachupines*" com "titãs da estatura de um Pancho Vila ou um Emiliano Zapata"; "estes sim eram homens", dissera então a Fontanet, e toda a mesa começou a rir com vontade da ideia de Froilán Changó, uma mesa na qual havia funcionários, esportistas veracruzanos, líderes sindicais e moças de vida alegre, ou triste se observarmos com atenção a maneira como se insinuavam, a forma como eram tratadas e o lodaçal erótico em que terminavam sempre essas insinuações; uma mesa de restaurante no porto de Veracruz onde celebravam são Froilán, o santo do tapir maior de Galatea, que comemorava com tudo e à beira-mar o dia de sua chegada ao mundo, o dia do santo que o tinha amparado ao nascer, uma festa para a qual tinha sido convidada a nata da região e na qual Fontanet representava os estrangeiros de La Portuguesa, uma missão com a qual costumava arcar porque era o único solteiro dos sócios e também porque, depois de cumpri-la, sempre havia como ficar com alguma das convidadas da vida triste que ele adorava. Naquele almoço, no início da legislatura do prefeito, Fontanet percebera que a extorsão que o poder lhes fazia periodicamente podia chegar até as mulheres de seus companheiros, mas imediatamente tinha descartado essa possibilidade porque Changó e sua boca babosa já estavam muito adentro numa viagem de tequila quando haviam dito isso, e em tais condições, pensara então Fontanet, a sugestão não se qualificava como ameaça, mas como uma simples grosseria de bêbado, assim tinha interpretado, e depois a festa continuara e ele esquecera momentaneamente o episódio, porque lhe parecera um comentário desqualificável, mas também porque a boca babosa tinha passado de insuflar-lhe a sugestão com bafo no ouvido a alterar-se e a ficar vivaz e a divertir-se a distância e às suas costas, a dizer que a Guerra Civil tinha sido pura veadagem e em seguida tinham passado, a boca e seu prefeito, a questões mais arquetípicas e mais intratáveis para Fontanet: depois de encher seu copo constitucional de tequila, Froilán começou a dizer que o México tinha se fodido com a chegada de Hernán Cortés, aquele espanhol que tinha entrado por ali mesmo, por Veracruz, bem perto de onde eles celebravam essa festa, ali mesmo a alguns metros tinham desembarcado com o único objetivo, assim tinha dito o prefeito, de violar as mulheres indígenas e de manchar para sempre "a gloriosa raça de bronze". Fontanet começara a empalidecer porque, além de ser o único espanhol que havia naquela mesa, tinha um gosto bem conhecido, abundante e notório, pelas nativas. O sermão de Froilán Changó, que tinha começado com a voz bem alta para sobrepor-se à música do grupo que animava a festa, tinha ficado nesse momento sem fundo musical, a canção tinha acabado e algum funcionário tinha dito aos músicos que fizessem uma pausa no momento em que o prefeito terminava seu discurso, de maneira que a última parte de sua revisão histórica, da simplificação dos fatos que sua boca babosa dedicava a Fontanet, ouviu-se limpa e sem interrupções; levantando o dedo da mão com que segurava o charuto, o prefeito disse, num tom gozador que fez com que a sentença parecesse piada, que talvez fosse a hora da revanche, de que os homens da raça de bronze como ele próprio, os herdeiros de Cuahutemoc e Zapata, dessem o troco violando algumas espanholas; e dita essa atrocidade começara a rir como acabava de fazer na varanda de Puig, naquela sobremesa de negociações com tragos e charutos, que tinha sido interrompida pela infeliz aparição de Marianne. Fontanet tinha reduzido tudo o que ele dissera naquele almoço de santo a meras fanfarronadas de bêbado, mas naquela tarde, diante da forma como Changó havia desprezado o drama da filha de Arcadi, compreendeu que tudo aquilo que dissera havia quatro anos, dissera muito a sério, e ia dizer algo a respeito, deixar claro que esse não podia ser o tom das negociações, mas o prefeito, depois de partir-se de riso e se desconjuntar, fez um sinal com a mão para avisar a seus homens que estava indo embora, que o almoço para ele tinha terminado e que era hora de voltar a trabalhar no seu palácio de governo; dois homens que tinham permanecido todo o almoço fazendo guarda no jardim, e que levaram a mão à arma no momento da correria, aproximaram-se de seu chefe para ajudá-lo a se levantar, porque os tragos já começavam a inutilizá-lo e Froilán Changó não estava disposto a correr o risco de cair diante dessa gente que tinha atada pelo pescoço e à sua mercê, assim, devidamente apoiado por seus homens levantou-se, deu quatro ou cinco passos em direção ao seu carro e se deteve para dizer aos anfitriões, a todos menos a Arcadi, que continuava lutando em sua casa com a filha, que falariam de negócios mais adiante, e apontando para eles com o dedo indicador da mão onde fumegava o charuto, totalmente sério e já sem rastro das gargalhadas que acabava de soltar, disse: "Da próxima vez quero que a menina me sirva o almoço", e fez um gesto com a cabeça que apontava na direção por onde acabavam de levar Marianne carregada por Arcadi. Em seguida disse "que vocês passem uma boa noite" e seguiu seu caminho cambaleante para o carro oficial.

Aquilo foi para Marianne a gota d'água, por sua culpa o prefeito tinha posto em xeque a fazenda, e Arcadi e Carlota, para não interná-la na infernal instituição mental que prestava serviços em Galatea, e por não estarem dispostos a idiotizá-la com uma carga maior de fenobarbital, puseram-lhe aquela elegante gargantilha que a prendia com uma corrente à parede da varanda, para que tomasse o ar da tarde em sua cadeira, sem causar mais problemas, amarrada pelo pescoço como um cão.

4

Marianne era a irmã mexicana de Laia, a ponta de uma estirpe que por culpa da guerra nasceria naquela selva. Para Arcadi aquela menina era a volta à ordem, o final de um parêntese de nômade e de banido porque ter filhos, isto devia pensar então, significa ancorar-se à terra onde estes nasceram, ter outro país, prodigalizar-se em outra latitude, e isso não era pouco para aquele soldado que mais de uma vez tinha considerado que sua vida estava irremediavelmente destruída e que só restava esperar o fim. Mas então anos depois, contra todo prognóstico, reencontrou-se com sua mulher e muito em breve engendraram uma filha. Aquilo era um augúrio extraordinário porque o normal na vida de Arcadi teria sido, depois de perder a guerra, continuar a perder tudo. Carlota ficou grávida e aquela sorte coincidiu com a inauguração da fazenda de café, um negócio que prometia prosperidade, vida estável e inclusive certa abundância. As coisas tinham aparentemente mudado quando, em pleno pós-guerra, Arcadi pôde tirar Laia e Carlota de Barcelona e conseguir que atravessassem o mar, numa viagem cheia de penúrias, até essa selva mexicana onde ele as esperava havia anos. Tudo aquilo parecia a evidência de que, depois de perder a guerra, era possível uma vitória.

Marianne nasceu loura, grande e saudável, o acontecimento foi muito importante porque, como vinha dizendo, tratava-se da primeira criatura que nascia em La Portuguesa. Fazia pouco que Arcadi e seus sócios tinham inaugurado suas casas dentro da fazenda, e aquele nascimento parecia a consolidação do projeto de viver juntos, com suas famílias, no mesmo terreno, algo assim como a fundação afetiva da república que o general Franco tinha arrebatado deles, uma esperança afinal que o nascimento de Marianne, a primeira republicana nativa da fazenda, fortalecia.

A encarregada de trazer Marianne ao mundo foi a xamana, aquele portento moreno e tosco que quando fechava os olhos parecia uma pedra, uma pedra com um brilho distintivo nas maçãs do rosto que bem podia ser de suor, ou um efeito fosfórico produzido pelo limo ou pelo líquen; tinha um tórax soberbo que a fazia parecer enorme quando estava sentada, e sentada quando estava de pé, tinha a largura de um gigante embora de altura não ultrapassasse um metro e meio; era um personagem imprescindível no microcosmo de La Portuguesa, pois não apenas era capaz de aliviar qualquer enfermidade, como também tinha, contra sua rude corporeidade, uma sensibilidade fora do comum para perceber uma praga, ou o mau-olhado numa colheita, ou o feitiço que decompunha um corpo e que qualquer médico teria confundido com uma doença. Em La Portuguesa confiavam muito nela, não havia médicos na fazenda e o consultório que havia em Galatea era um barracão caindo aos pedaços no qual atendia o doutor Efrén, um velho alcoólatra de bigodinho e mãos trêmulas, cujo diploma de médico nunca ninguém tinha visto e que, entre um paciente e outro, ia liquidando uma garrafinha de rum e depois, quando não tinha tomado a precaução de levar reposição, continuava com o álcool medicinal e o iodo. Sobre o iodo, que é um dado desmedido e sórdido, sabia-se porque às vezes o doutor Efrén aparecia pela rua, depois de fechar pontualmente seu consultório, com a boca manchada de um inequívoco amarelo e com um poderoso hálito de ouriço-do-mar. Por isso e por outras coisas, também sórdidas e desmedidas que agora não vêm ao caso, foi que quando Carlota anunciou que estava entrando em trabalho de parto, ninguém pensou em dom Efrén e foram diretamente procurar a xamana que, por outro lado, gozava do prestígio que tinha lhe deixado a cura de Fontanet, que algumas semanas antes, enquanto levantava uma cerca no lado sul do cafezal, tinha sido picado por uma nahuyaca, uma serpente com um veneno capaz de matar uma vaca em cinco minutos. Arcadi e Bages tinham ido ajudá-lo e viram que seu colega estava sufocando e ficando azul e que se arrastava desesperado machucando-se com os caules e os galhos dos pés de café. Bages o levantou e o levou à cabana da xamana, e ela, com uma tranquilidade que roçava a irrealidade e mesmo a pose, ordenou que deitassem o ferido no chão e, depois de cuidar dele por não mais de uns poucos segundos, rasgou-lhe a calça e pôs um dedo na chaga que era, conforme contava Arcadi, de um horrível azul-marinho, e pediu o facão de Bages para fazer uma incisão, tosca e precisa, a um palmo da picada; depois sugou o veneno com a boca, cuspiu o produto numa caçarola, limpou a cara com o dorso enorme de sua mão e foi procurar um vidro de pós que tinha numa prateleira; em seguida colocou a caçarola no fogo, salpicou com os pés o veneno que acabava de cuspir, e assim que a mistura começou a soltar uma fumaça pardacenta, a xamana anunciou que Fontanet estava curado, que o levassem dali e que por esse serviço lhe deviam 5 pesos. Bages e Arcadi puseram cinco moedas na palma da sua mão e viram como a xamana guardava o dinheiro num lugar indeterminável entre os rins e as nádegas, e depois, sem dizer nem adeus nem nada, ficara profundamente adormecida, como uma pedra. Fontanet se recuperou rapidamente e algumas horas depois já trabalhava de novo na lida do cafezal.

Quando o parto de Carlota chegava ao clímax, a xamana estava havia mais de uma hora adormecida, tinha encarregado as criadas de atender às contrações e de lhe avisar quando desse para ver a cabeça da criatura, coisa que fizeram sacudindo-a com crescente violência até que despertou, até que retornou à vida com uma mecha de cabelo que tinha caído no meio do rosto e na boca uma careta que podia ser o princípio de um aborrecimento ou, num descuido, o projeto de um sorriso. A xamana se levantou assim que saiu de sua letargia, mandou a mecha para o lugar com uma cabeceada enérgica e pediu uma manta para receber a criatura.

Arcadi entrou primeiro no quarto onde Carlota convalescia, com a menina recém-nascida nos braços e a xamana fazendo-lhe uma massagem nas pernas que, não fosse por sua expressão impávida, podiam pensar que estava passando por um transe intenso de luxúria; aproximou-se para ver a menina e perguntar a Carlota como estava, na verdade o que ele gostaria era de ficar sozinho com elas mas a xamana não parava de massagear as pernas da sua mulher, ora as panturrilhas, ora os joelhos e ora bem no fundo das coxas, com a mão bem orientada para apalpar, pela forma como explorava e apertava, a medula do sacro ou a alma do ilíaco. "Está me incomodando", disse Carlota, e então a xamana desceu com a mesma expressão nula, mas sem reduzir a intensidade, para os calcanhares e para os pés. As massagens da xamana, que começaram, ao que parece, nesse dia, duraram décadas, eram um componente imprescindível da vida em La Portuguesa; ao meio-dia, antes do almoço, trancavam-se durante 45 minutos, Carlota se estendia nua em sua cama enquanto a xamana passava loções e linimentos em todos os cantos do seu corpo. Mais de uma vez, meu irmão e eu espiamos aquelas sessões ao abrigo da noite artificial que forjavam as portinholas, a brisa do ventilador e a rádio sintonizada na hora de Agustín Lara; eram sessões à penumbra, cheias de aromas de violeta, lima e canela, que hoje me parecem intensamente eróticas, ligeiramente perversas, tanto que agora que estive com a xamana para que me curasse o olho, perguntei-lhe se sentia prazer naquelas massagens que fazia em Carlota. A pergunta a desconcertou um pouco, mas em seguida me respondeu que não, que fazia as massagens porque notava que a ajudavam e porque Carlota era uma mulher de quem ela gostava como de uma irmã, mas que era verdade, e inegável, que lhe dava um pouco de tentação passar as mãos num corpo tão branco, "tão leitoso", disse textualmente, suponho que para não cair na entrega total, para salvar-se por aquele adjetivo que tinha uma partícula, mínima se preferirmos, de grosseria; disse-me leitoso e não branco para me fazer ver, ou assim interpretei então, que aquelas sessões não podiam ter lhe dado prazer porque eram, melhor dizendo, a prestação de um serviço, uma transação entre aquela que serve e quem lhe paga, e ela sabia que, por mais que gostasse da patroa, e por mais que Carlota gostasse dela, nunca poderiam transcender o paradigma latino-americano de que os brancos mandam e os índios servem, e isto as tornava, muito ao seu pesar, inimigas potenciais. Mas agora que escrevo e volto a pensar nisso, me pergunto: e a perversão de manusear um corpo que não lhe estava destinado? Pode ser, embora me pareça que para sentir prazer nesses termos é necessário certo refinamento, e La Portuguesa era uma selva brutal, e a libido de seus habitantes rudimentar, assim opto por acreditar naquilo que me disse a xamana: o prazer que sentia ao manusear minha avó tinha mais que ver com revanche do que com lubricidade.

Quando Arcadi entrou no quarto, o que na verdade gostaria era de ficar sozinho com sua mulher e sua filha recém-nascida, e com Laia, que entraria um minuto depois, um pouco zangada porque a irmã tinha demorado horas para chegar e ela tivera que esperar aborrecida, brincando por ali com alguma coisa que tinha lhe deixado os joelhos pretos e grandes manchas de lama nos antebraços e no rosto. "Olhe como você está, Laia", disse-lhe Puig, que vinha entrando no quarto atrás de Arcadi, e atrás dele vinham os outros três sócios, todos queriam ver a primeira criatura que nascia na fazenda e Arcadi não teve outro remédio a não ser guardar a vontade de ficar sozinho com sua família para outro momento. A vida na comunidade era assim, assim fora se configurando, entre todos foram levando e tocando, apoiavam-se uns nos outros quando o exílio os sufocava e tudo o que tinham, suas casas e seu negócio, devia-se ao impulso coletivo, e nessas circunstâncias, e de certa perspectiva, aquela menina recém-nascida era de todos. Ninguém imaginava que aquele nascimento feliz, que aquele momento fundacional de La Portuguesa, era o germe da catástrofe, o princípio de outra terrível perda, o primeiro capítulo da próxima guerra que também iam perder.

5

Marianne crescia normalmente, relacionava-se com Laia e com as outras crianças da fazenda como qualquer menina da sua idade, mas assim que fez 3 anos, Carlota começou a notar que os olhos lhe fugiam e a partir daí, em alguns dias, começaram a se encaixar as peças da verdadeira Marianne, justo depois de Carlota ter visto o que viu no quarto da filha. Carlota não queria preocupar Arcadi, a fazenda atravessava um período crítico, passava por uma colheita prematura de emergência e o caso de Marianne, perto do vaivém de caminhões e trabalhadores temporários que deixava La Portuguesa de pernas para o ar, parecia um assunto, se não corriqueiro, pouco definido, muito próximo da intuição e do pressentimento, que certamente podia ser adiado para outro momento. Numa de suas sessões de massagem Carlota rompeu o rigoroso silêncio que costumavam observar naqueles momentos dentro do quarto para contar à xamana, que afinal de contas era o único médico que tinha à mão, sobre os olhos estrábicos da filha e sobre uma coisa que a tinha visto fazer e que a tinha preocupado; contou que Marianne de repente ficara como que ausente, alguns instantes vertiginosos nos quais se desconectou do entorno e foi para algum lugar longínquo do qual felizmente retornou logo. A xamana, sem dizer uma palavra, suspendeu a massagem e foi diretamente para a sua guarida, aquela cabana escondida na selva que até hoje está protegida por todo tipo de estacas, colares e amuletos pendurados, e ali começou a preparar cataplasmas e a "benzer" o ovo que ia usar para fazer um diagnóstico. Na primeira hora da tarde retornou à casa carregando um pacote de remédios, que nas suas manoplas parecia menor do que na realidade era. A menina sorriu assim que viu a xamana, com quem simpatizava apesar do severo rosto pétreo, provavelmente porque além da pedra que era o seu rosto conseguia perceber sua aura mágica, uma magia que eu não deixei de comprovar ao longo da minha vida e que experimentei pela primeira vez quando criança, na vez em que Laia me levou à sua cabana para que ela visse esta mesma infecção recorrente que tenho no olho esquerdo, que enche de pus os canais lacrimais e produz um inchaço na pálpebra que não me deixa enxergar direito. A xamana então me fez sentar no centro da sua cabana, diante de um caldeirão que fervia e que, combinado com o calor que já fazia, tornava infernal a temperatura do consultório. Naquele dia, depois de dar uma olhada rápida na infecção, pegou um dos seus ovos bentos da prateleira e passou-o diante dos meus olhos; em seguida murmurou umas orações ininteligíveis e depois de um instante, no qual Laia conjurava sua impaciência liquidando metade de um charuto, quebrou o ovo e me mostrou que a gema e a clara estavam completamente pretas, "aqui está sua doença", disse, apontando o interior do ovo e imediatamente depois o tirou da luz. Nesse mesmo dia, à noite, como acontece sempre que a xamana me aplica seu ovo mágico, eu estava radicalmente curado, ou isso achava, porque certamente não sabia que décadas depois, em Barcelona, voltaria a ter a mesma infecção. Para mim e para Joan, ir ao médico significava visitar aquela cabana e submeter-nos a um repertório mágico, e a primeira vez que fomos auscultados por um médico de jaleco branco, quando já morávamos na Cidade do México, sentimos desconfiança de sua simplicidade, do escasso instrumental e da nula cerimônia com que chegava ao diagnóstico. Mas estávamos naquela tarde em que a xamana chegou carregando seu pacote de remédios, e depois de aplicar na menina os cataplasmas da vez, estendeu-a na cama e passou um de seus ovos bentos por todo o seu corpo. Marianne ria com ela enquanto a xamana, que provavelmente sorria embora ninguém conseguisse notar, passava-lhe de cima a baixo o ovo que em suas manoplas parecia uma azeitona. Carlota, Laia e Teodora contemplavam a manobra ao pé da cama, minha avó crispada e nervosa pela "ausência" de sua filha, mas também pelo que tinha visto no quarto dela e que por vergonha, e porque abrigava certas dúvidas sobre o que seus olhos tinham visto, não havia contado a ninguém. A xamana terminou e foi com o ovo para perto da janela, quebrou-o, analisou seu interior e o atirou em uma caçarola que colocou debaixo do braço. "O que você viu?", perguntou Carlota, que continuava ao pé da cama ladeada pelas meninas que, contagiadas por ela, agora tinham um semblante grave e sério. O olhar que a xamana lhe dirigiu produziu-lhe um ataque de pânico, segurou seu braço, coisa que nunca fazia, mandou as meninas brincarem lá fora e assim que ficaram sozinhas voltou a fazer a mesma pergunta. Como única resposta, a xamana mostrou o ovo na caçarola e o que Carlota viu lhe revolveu o estômago, "não posso fazer nada", disse a xamana, "sinto muito", e saiu do quarto e se internou na selva para enterrar o ovo. No dia seguinte, quando Arcadi estava organizando uma viagem urgente para visitar um médico na cidade, Marianne caiu em outra de suas ausências, Laia correu para avisar Carlota e as duas, ajoelhadas ao lado dela, viram-na ir mais longe que de costume até que fechou os olhos e ficou estendida e imóvel, na mesma posição desordenada com que tinha alcançado o chão. Carlota começou a procurar o pulso, a passar nervosamente as mãos dos pulsos ao pescoço, e daí à testa e à face, e sentiu um pouco de tranquilidade quando comprovou que não estava morta, mas deprimida ou profundamente adormecida. Sacrossanto pegou Marianne no colo e a levou para sua cama, estendeu-a sobre a colcha com um cuidado excessivo, como se temesse que um movimento brusco pudesse desajustar sua relojoaria interior, interromper aquela energia básica que a conservava adormecida em vez de morta, num sono profundo que imediatamente convocou à sua volta o estado-maior da fazenda. Bages e Puig pegaram um carro e voaram para o México atrás de um médico, todos pensavam, da mesma forma que Sacrossanto, que era melhor não mover a menina, não desajustá-la. Nas 12 horas que demoraram para retornar,

Arcadi fez todo tipo de cabalas e prognósticos, e sobretudo tentou manter a calma; Carmen, a mulher de Bages, e Isolda, a de Puig, transmitiam a Carlota uma solidariedade que ele se sentia incapaz de dar-lhe, e os gestos que Fontanet e González faziam para animá-lo começavam a afligi-lo. O ambiente ficou irrespirável ao entardecer, quando o quarto de Marianne ficou às escuras e as criadas começaram a acender as lâmpadas de querosene e foi por estas, por sua luz amarela e desigual, pelas sombras tétricas que manchavam o feixe, que Arcadi percebeu que tinha ficado o dia inteiro naquele quarto, assim sem dizer nada saiu rumo ao cafezal, para fumar e reconfortar-se sozinho, que era o que na verdade precisava, pensar um pouco longe do leito da filha, e da angústia da mulher e do desajeitado consolo dos companheiros, e ali caminhando entre os pés de café, aproveitando uma lua esplêndida que banhava de luz azul a selva, batendo com uma vara na relva para espantar as serpentes, começou a pensar no que não devia, naquilo que não teria acontecido se não tivessem perdido a guerra, se não tivessem tido que fugir da Espanha e se o destino não o tivesse confinado naquela selva, sem hospitais e sem médicos e sem maneira de fazer nada por sua filha que jazia adormecida ou deprimida ou provavelmente já morta, e adentrando ainda mais nessa linha destrutiva de pensamento, concluiu que sua filha estava como estava por culpa de uma única pessoa, por culpa do ditador que não o deixava voltar ao seu país para reativar a vida que tinha deixado interrompida, e depois se deteve bruscamente, parou de pensar no que não devia, nessa noite não restavam forças para lutar contra tanto veneno. Às 6 da manhã Bages e Puig chegaram com o médico, um tal doutor Domínguez que lhes tinham recomendado e que em troca de uns honorários desproporcionados aceitara fazer a viagem a La Portuguesa. Arcadi tinha retornado de sua caminhada pelo cafezal por volta da meia-noite, estava recomposto e quase furioso quando entrou no quarto de Marianne e viu Carlota dormindo, ajoelhada no chão com metade do corpo jogado em cima da cama e o braço direito como travesseiro sob a cabeça; dava a impressão de que adormecera enquanto chorava. Arcadi tinha tentado convencê-la de que se deitasse na poltrona, para que descansasse e no dia seguinte tivesse forças e integridade para suportar o que pudesse vir, mas Carlota se negou totalmente, pegou uma cadeira, aproximou-a até a borda da cama e se sentou ali, dura e espartana, a vigiar sua filha. "Não quero que ela acorde e me veja dormindo", disse, então Arcadi pegou uma cadeira e a colocou ao lado da dela e se sentou, também duro e espartano, para vigiar junto da mulher a respiração de Marianne, uma respiração suave, aprazível, "quase angelical", dizia Carlota quando se referia a esse episódio triste de sua vida. Assim os encontraram Bages, Puig e o médico ao amanhecer, entraram no quarto e os viram de costas em suas cadeiras, pareciam um casal de velhos contemplando uma paisagem ou o vaivém do mar. O médico cumprimentou brevemente, lavou as mãos na bacia e dispôs junto ao corpo da menina o instrumental que ia tirando de sua maleta. Puig apagou o abajur e abriu portas e janelas para que o ar circulasse e dissipasse os resíduos da noite que passaram ali detidos. O doutor tomou o pulso de Marianne na mão, colocou-lhe o bracelete para medir a pressão, examinou pupilas e ouvidos, espiando por um instrumento longo e metálico e finalmente comprovou seus reflexos batendo nos seus joelhos com um martelinho de borracha. Depois, enquanto tirava amostras de sangue e passava uma lixa pela cavidade bucal para fazer uma cultura, fez algumas perguntas que acabaram de arredondar, salvo se os exames indicassem outra coisa, seu diagnóstico: a menina tinha meningite e acordaria assim que a infecção cedesse, podia permanecer adormecida por algumas horas ou várias semanas, não se sabia, e tampouco se podia calcular se ia acordar como era antes ou com alguma lesão que tratariam quando chegasse o momento, e que podia ser algum tipo de paralisia, ou que a menina ficasse cega ou surda, ou que perdesse a capacidade de fala, ou todas essas coisas juntas no pior dos cenários ou, no melhor deles, já beirando o milagre, podia acontecer que se levantasse como se nada tivesse acontecido, que amanhecesse normalmente um dia como se tivesse ido dormir na noite anterior; e diante de tanta incerteza, disse o médico, era preciso tomar medidas, e enquanto falava começou a tirar de outra maleta as peças para ir montando, enquanto Arcadi e Carlota lhe faziam perguntas, um cabide de soro e depois lhes ensinou como conectar os tubos à menina, para que não se desidratasse enquanto dormia aquele sono profundo de duração incerta. "E os olhos?", perguntou Carlota, e o médico lhe disse que não tinha relação, que provavelmente a menina era estrábica ou míope e que continuaria piorando enquanto não usasse óculos. Quando se esgotaram as perguntas e os pormenores da manutenção do corpo adormecido ficaram devidamente explicados, o doutor recolocou o instrumental na maleta e se sentou na cama para escrever uma receita longa e detalhada com fórmulas que teriam que conseguir no México, disse olhando para Puig e Bages, que dentro de algumas horas, depois de tomar o café da manhã, os cheirosos pratos que as criadas já preparavam na cozinha, estariam empreendendo o caminho de volta ao consultório do médico.

Quinze dias mais tarde chegaram por correio os resultados dos exames que confirmavam o diagnóstico do médico: Marianne tinha meningite. Carlota não concordou, nem nesse dia nem nunca, porque justamente antes da primeira ausência da filha, ela tinha presenciado uma cena tão esquisita que preferiu não revelá-la a ninguém, porque não tinha nenhuma prova e o que achava que podia ter acontecido se contrapunha ao diagnóstico científico do médico. Numa noite tinha entrado no quarto de Marianne, como fazia sempre, para ver se tudo estava em ordem, se a filha estava dormindo bem, se estava agasalhada, se não fazia ruídos desconcertantes nem estava a ponto de cair da cama. No momento em que abriu a porta viu que um vampiro se levantava do corpo da menina e, depois de revoar desorientado por alguns instantes, saiu voando pela porta com tanta velocidade que Carlota teve que se abaixar para que não batesse na sua cabeça. O que Carlota viu era certamente uma raridade, mas não tinha nada de sobrenatural porque na fazenda havia morcegos que se alimentavam do sangue do gado e com certa frequência apareciam voando à noite entre as casas; no entanto Carlota se preocupava com o fato de que a época em que a filha tinha adoecido coincidia exatamente com a aparição do vampiro, e pensava com insistência na possibilidade de que o problema de sua filha não fosse meningite, mas algum parasita que o animal lhe tivesse inoculado; por outro lado, e como agravante das dúvidas que a atormentavam, o remédio dos óculos para os olhos de Marianne, tão subitamente anômalos e assustadores, parecia uma ingenuidade.

Carlota pensou no vampiro até o final de seus dias e, fora a xamana, ninguém soube de nada até muito recentemente, quando, debilitada pela doença da qual morreu, decidiu livrar-se desse peso e contou a Laia o que tinha visto, com um preâmbulo excessivo para que mamãe não pensasse que sua mãe, por causa de uma demência senil fulminante, estava confundindo capítulos de sua vida com os do romance de Bram Stoker. Carlota dizia, e aqui é preciso descontar as alterações que a imagem pode ter sofrido de tanto ser recordada e repensada, que ao abrir a porta tinha visto Marianne com o rosto coberto com um pano preto, mas que passado apenas um instante se deu conta de que não era um pano, mas um vampiro que, segundos depois, pôs-se a voar. A primeira coisa que fez depois de se recuperar do susto inicial foi precipitar-se sobre a filha para verificar se o animal lhe tinha feito algum mal; como não estava enxergando bem, acendeu uma lâmpada e a primeira coisa que viu foi Marianne olhando para ela com uma expressão e uma atitude que a fizeram retroceder, "parecia uma desconhecida", dizia Carlota para descrever o momento em que sentiu que sua filha "começava a ir embora". Bastante desconcertada pelo repúdio de Marianne, aproximou-se dela para comprovar que o animal não a tinha mordido ou arranhado, examinou cuidadosamente o rosto, a cabeça e o pescoço e não encontrou nada, nem um arranhão, e isto a fez duvidar do que tinha visto. Quando apagou a lâmpada para sair do quarto, Marianne continuava olhando-a com aquele olhar penetrante que ela não conhecia. À margem do que Carlota possa ter visto naquela noite, e descontando que o tempo pode ter transformado a imagem original, em La Portuguesa surgiam ciclicamente personagens que alegavam ter sido mordidos por um vampiro e asseguravam que aquilo tinha transformado de maneira decisiva suas relações com o entorno. Essa fantasia, alimentada pelas histórias de vampiros que o cinema ambulante de Galatea mostrava, foi encarnada nos anos 1970 por Maximiliano, um personagem que aparecia às vezes à noite, com chapéu grande e cartucheiras, luzindo um bigode e uns olhos fúnebres que teriam causado inveja a Emiliano Zapata. Lauro e Chubeto juravam que tinham visto Maximiliano nos estábulos da fazenda, chupando o sangue das vacas, e o senhor Rosales, que era o capataz, interrompia-os sempre bruscamente e os acusava de fantasiosos e faladores. A verdade é que Maximiliano dava susto até no medo, aparecia de repente perambulando pelo cafezal ou pelo jardim, com um olhar turvo que oficialmente se atribuía à garapa, produzindo um ruído rítmico com as correias e as ferragens das cartucheiras, e depois desaparecia selva adentro, ia atrás do próximo trago ou, quem sabe, da próxima vaca.

Alguns dias depois do diagnóstico do doutor Domínguez, os habitantes de La Portuguesa já tinham aprendido a conviver com o corpo adormecido da menina, Carlota e as criadas se ocupavam do soro e da higiene, e outros desfilavam com certa frequência pela cadeira que estava ali permanentemente para quem quisesse fazer uma visita e cooperar com a terapia receitada, que consistia em conversar com o corpo adormecido sobre alguma coisa porque assim, conforme tinha reiterado várias vezes o médico, o movimento contínuo ao seu redor poderia influir para que despertasse mais cedo. "É tudo bobagem", opinara a xamana assim que ficou sabendo, e para substituir essa terapia, que segundo ela não servia para nada, pediu a Carlota permissão para aplicar umas massagens na menina, e de sua posição imóvel embaixo do marco da porta, enquanto esperava com cara de pedra a permissão, olhou com profundo desdém para o cabide onde estava pendurada a bolsa de soro. Às visitas verbais que Marianne recebia somaram-se as massagens mudas da xamana, que, uma semana mais tarde, por iniciativa própria e sem consultar ninguém, começou a pendurar na menina todo tipo de amuletos, começou amarrando-lhe um laço vermelho no tornozelo, "para o mau-olhado", explicou, e depois continuou dia após dia, depois de sua massagem silenciosa, colonizando-lhe o corpo com plumas, esferas coloridas, frutas secas, fitas, todo tipo de objetos que ia pendurando nos dedos dos pés e das mãos, ou no cabelo, ou prendendo com alfinetes no vestido, "verão como vai se curar", dizia com seu rosto impassível, olhando para a parede como se fosse o horizonte, cada vez que Arcadi ou Carlota lhe perguntavam se já não havia badulaques demais em cima da filha, "vocês vão ver como a curam melhor do que essas aguinhas", dizia, e olhava com rancor para o suporte que o doutor Domínguez tinha deixado ali, e eles a deixavam, não queriam descartar nenhuma possibilidade, nem a ciência, nem a magia, nem o tratamento convencional que o médico tinha recomendado e que três semanas mais tarde já tinha progredido para o abertamente social, pois durante um almoço coletivo organizado por Carmen, mulher de Bages, lhes passou pela cabeça que em vez de ficar fugindo para o quarto de Marianne para monologar com o corpo adormecido, podiam tirar a cama e transportá-la até a varanda onde se realizava o almoço; então os cinco soldados republicanos, entusiasmados pelos uísques que tinham bebido de aperitivo, e auxiliados por Sacrossanto, transportaram a cama pelo jardim, num batalhão bamboleante no qual a extravagância maior era o senhor Puig, que ia atrás muito erguido e tão alto quanto o suporte que segurava, unido à cama pela sonda que Marianne tinha no braço. Sei de tudo isso porque Laia conserva fotografias daquele dia e duas delas fazem parte da maré de imagens que invade as mesinhas, as estantes e a parte superior da lareira da sala de sua casa. A outra foto, a que não é do batalhão bamboleante, foi feita com mestria pelo olho inimigo da criada; graças a essa inimizade a composição daquele grupo que come e bebe, ou melhor, que já comeu e bebeu, resulta não apenas estranha, como parece também que quem estava detrás da câmera se empenhou para que os comensais aparecessem com seu pior aspecto. Aquele olho inimigo ilustra a colisão entre os dois mundos que povoavam a fazenda: os donos milenares daquela terra frente aos novos donos, os nativos contra os invasores, índios que serviam aquele banquete de domingo ao ar livre enquanto os estrangeiros brancos comiam, bebiam e gargalhavam. O olho inimigo daquela criada, que provavelmente nunca na sua vida tinha tirado uma fotografia, não via nem procurava na foto a mesma coisa que seus patrões, não ia atrás da imagem congelada de uma refeição familiar e íntima, estava atendendo a uma solicitação, cumprindo uma ordem, fazendo seu trabalho, defendendo um salário, assim, nem avisou quando se dispunha a apertar o obturador, nem disse que por favor dissessem uísque, nem levou em consideração que as testas de Fontanet, Arcadi e da mulher de González estavam fora do enquadramento, nem que a barriga de Bages era muito protagônica, enfim, o que ela fazia era cumprir, enquanto seu olho inimigo registrava, não aquela refeição íntima, mas a tribo invasora que a fazia trabalhar e servir por três moedas num domingo. "Obrigado, Xochitl", devem ter dito a ela quando lhes disse que já tinha feito a fotografia, e ela, com toda a certeza, respondeu "de nada" muito sorridente, e em seguida deve ter entregue a câmera a Puig e voltado a lavar pratos. Ou talvez o enquadramento estranho se deva apenas ao fato de que Xochitl ignorava tudo da técnica fotográfica, possivelmente se deva a esta singeleza e eu, como mais de uma vez Laia me fez ver, estou exagerando, pode ser, entretanto se trata de um exagero, de uma invenção se preferirmos, rigorosamente apoiada na realidade, no que naquela selva acontecia e ainda acontece: que os brancos mandam e têm tudo, e os índios não têm nada e servem e obedecem. O caso é que naquela fotografia que o olho inimigo de Xochitl perpetrou, pode-se ver que, ao lado da mesa onde todos comem, bebem e gargalham, está a cama e em cima dela, vestida com uma roupa branca de domingo, jaz Marianne, adormecida e alheia à animação, cheia de amuletos de todos os tamanhos, que lhe pendem dos pés, do vestido, do cabelo e das mãos e se estendem, como uma onda que encrespa, para a cabeceira. Laia está de pé junto à cama, parece que monta guarda para que o sono da irmã seja aprazível, e ao lado dela aparece Teodora, a criada que era de sua idade e sua amiga íntima, com quem compartilhava absolutamente tudo, até que cresceram e então o berço e a cor de pele e a aparência e a posição social as separaram, foram distanciadas em resumo pelo que cada uma tinha de futuro. Laia e Teodora montam guarda junto à cama, aparecem sorridentes e suadas, parece que estavam brincando por ali quando alguém lhes gritou que se aproximassem porque iam fazer uma foto, e provavelmente depois que Xochitl disparou o obturador, elas saíram correndo para continuar a brincadeira. Todos olham para a câmera, para o olho inimigo da criada que cumpre o que lhe pediram, exceto González, que olha para baixo, para sua taça, enquanto cofia sua barba ruiva, e Carlota, que de sua cadeira olha com aflição para Marianne; a mesa está coberta com uma toalha clara quase arrastando nos ladrilhos e por baixo dela aparece o focinho de um cão, flagrado no exato momento em que a toalha lhe cobre a cabeça como se fosse um véu, certamente andava procurando restos de comida embaixo da mesa sem reparar que Xochitl acabava de pegá-lo em uma de suas saídas para a superfície, nem que o tinha imortalizado dessa maneira, nem que sessenta anos mais tarde, na sala de Laia, continuaria comparecendo como a criatura mais estranha da foto.

Marianne despertou depois de 45 dias, quando todos começavam a se acostumar a monologar com seu corpo adormecido e a levá-la de um lado para o outro em sua cama por todas as casas da fazenda. Despertou como se nada tivesse acontecido numa manhã depois da massagem da xamana, abriu os olhos e disse que estava com vontade de fazer pipi, e dito isto se levantou, sem saber que estava havia 45 dias ligada a um galão de soro, e no caminho para o banheiro derrubou o suporte, que caiu no chão com grande estardalhaço que incluiu o do galão fazendo-se em pedacinhos no chão. Alertada pelo estrondo, Carlota voou para o quarto de Marianne e ali constatou que se obrara o milagre, sua filha estava de pé e parecia sã e num instante comprovou que via, ouvia e falava. "Tirem isto de mim, por favor", disse a menina, apontando o tubo da sonda e também a fralda, estranhando um pouco porque não sabia a que horas lhe tinham colocado aqueles acessórios, e uma vez libertada por Carlota, que não começou a chorar para não assustá-la, sentou-se para fazer pipi como se nada tivesse acontecido. "Um milagre", confirmou o doutor Domínguez, que tinha sido levado outra vez da cidade e outra vez tinha sido desproporcionadamente remunerado por Arcadi. Alguns dias mais tarde, afligido pelas dúvidas de Carlota, Arcadi organizou uma viagem ao México para que fizessem uma radiografia e exames mais completos em Marianne. Os resultados foram os que todos já conheciam: a menina estava perfeitamente bem, curara-se como num passe de mágica. Assim se fechou para todos o capítulo da meningite de Marianne, para todos menos para Carlota, que, apesar do resultado dos exames, não parava de pensar no morcego, nem na forma como a filha tinha olhado para ela naquela noite, e conforme passavam os meses, e por mais que o médico e sua ciência dissessem o contrário, notava que a filha não tinha ficado bem de todo, havia algo nela que não era normal, até que numa manhã não aguentou mais e pediu à xamana que a examinasse. O interior da cabana ardia pelo efeito da luz que multiplicava o calor, Carlota e Marianne suavam sem parar enquanto a xamana, seca e limpa e até talvez gelada, deslocava sua enorme massa ao longo das prateleiras e pegava um frasco, ou uma panela, ou um molho de ervas que pendia do teto. Misturou uma beberagem no caldeirão que deu num vidro a Carlota, em seguida estendeu Marianne no chão e, mal abrindo a boca, murmurou uma oração enquanto passava-lhe pelo corpo um dos seus ovos infalíveis. Carlota soluçou ruidosamente e em seguida começou a chorar em silêncio porque já sabia o que ia sair daquele ovo, sabia desde que a vira despertar, sabia sem trégua desde a noite do morcego. Quando terminou, a xamana partiu o ovo em dois e verteu o conteúdo em uma de suas panelas. Observou-o gravemente durante alguns segundos e o passou a Carlota, que viu, aterrada, exatamente a mesma coisa que tinha visto um dia antes que Marianne caísse no seu sono profundo.

6

1974 foi o último ano de governo do prefeito de Galatea, que à força de trambiques eleitorais conseguira se manter dezesseis anos no poder e para despedir-se em grande estilo, e dar à sua imagem futura um toque leve e juvenil, organizou um show num descampado que havia na margem norte do cafezal, em La Portuguesa. A ideia era péssima, e o projeto fazia água por toda parte, mas Arcadi e Bages não podiam se negar, não havia como e além do mais não tinha sentido, já tinham passado a parte mais crua do seu mandato, haviam driblado todo tipo de extorsões, e essa última arbitrariedade não parecia tão complicada: consistia em ceder, durante alguns dias, uma área da fazenda que nessa época não era utilizada. Por outro lado, como tinha sido sempre, não havia outro remédio a não ser agradar o prefeito que num aborrecimento, se quisesse muito, podia mandar todos para um segundo exílio. Mas Arcadi e seus sócios não estavam sozinhos, outros empresários da região também tinham sido convidados a cooperar com a magna despedida de

Froilán Changó, que, além do show, de "música moderna" dizia orgulhoso o prefeito, incluía um banquete popular e multitudinário pago pelo dono da concessionária Ford, e uma estátua na praça patrocinada por um refrigerante fortemente gaseificado e de cor berrante, misteriosamente líder do mercado, que tinha o disparatado nome de Curimbinha Risonha, e a imagem de uma curimba sorridente que tinha uma desagradável semelhança com o gato de *Alice no País das Maravilhas*. A fábrica da Curimbinha pertencia a um cunhado do prefeito e sua liderança obedecia ao desaparecimento súbito, a óbvia mão negra, que tinham sofrido nos últimos anos a Coca-Cola e a Pepsi-Cola na região; essa conveniente ausência tinha favorecido as vendas da beberagem muito doce e imunda que durante anos semeou de diabetes a região e que transformou o simples ato de beber um refrigerante numa roleta-russa do sabor, pois a gente nunca sabia de que era, se de limão ou de laranja, porque não apenas o sabor não coincidia com o que era anunciado no rótulo, como também dois refrigerantes da mesma fruta nunca tinham o mesmo gosto, o normal era que um refrigerante de laranja tivesse sabor de groselha e outro também de laranja, essência de canela. Além disso, do banquete e da estátua, os festejos de despedida incluiriam também a inauguração de um hospital construído pelo grêmio de usineiros, com sala de cirurgia e três quartos, dirigido pelo filho do doutor Efrén e que teria, em letras banhadas a ouro na fachada, o nome longo de "Hospital Prefeito Licenciado Froilán Changó". Por último haveria uma espetacular queima de fogos de artifício, que fechariam com chave de ouro o banquete popular de seu último dia no poder, e que seriam pagos, por sua complexidade e seus custos muito altos, por vários empresários e instituições: Supermercado El Radiante Tulipán, Cervejaria Mondongo, Posto El Chivato, Motel El Alvorozo e a própria excelentíssima Prefeitura de Galatea, a cidade dos trinta cavalheiros. Arcadi suspeitava de que o prefeito ia lhes pedir alguma coisa para sua despedida, porque no almoço em que comemoraram seu último dia de são Froilán no poder, tinha assistido à tensa conversa entre Bonifaz Mondongo, o dono da próspera cervejaria, e o secretário de eventos especiais, que tinha sido nomeado, e seu posto inventado, para coordenar os esforços econômicos e físicos que a despedida implicava.

Desde a trágica morte de Fontanet, que tinha sido astutamente assassinado num bar, Arcadi e Bages tinham que se alternar para assistir aos compromissos sociais do prefeito, e foi naquela última festa que Arcadi avaliou a magnitude da despedida ao saber, acidentalmente e entre uma tequila e outra, sobre o projeto dos fogos de artifício que foram importados da China, com quantidades proibitivas de pólvora, um aparato de andaimes digno de um edifício, e o luxo adicional de um especialista em fogos que viajaria especialmente de Los Angeles, Califórnia, para pôr em cena todo o material importado, respaldado por um impressionante currículo que incluía os rojões alegóricos com que foi comemorada a última entrega do Oscar e a série de explosões coloridas com que todo ano começava e encerrava o carnaval de Nova Orleans. O chinês da pólvora e das estruturas tinha sido convidado para a festa do prefeito, era um burocrata do governo da revolução que tinha viajado ao México para fiscalizar a montagem de seus produtos e para assegurar-se de que seu cliente pagasse a conta, porque já tinham tido experiências amargas com outras prefeituras de povoados mexicanos que pediam pólvora e estruturas para suas festas e uma vez queimados os rojões "se o vi não me lembro" e não pago nem aqui "nem na China". Mas a missão daquele senhor, que tinha se sentado em frente a Arcadi nesse almoço, não terminava com a supervisão e o pagamento do material, pois dom Froilán Changó tinha prometido ao governo daquele longínquo país que doaria terras para que uma equipe de cientistas fizesse experiências. Três anos antes Froilán tinha sido condecorado, graças a uma inverossímil trama de corruptelas, como "Amigo Ilustre da Revolução" pelo próprio Mao Tsé-tung, em Pequim, em uma cerimônia solene em que ele havia enchido de louvores o líder comunista e de galanteios as "chininhas", vulgaridade que o tradutor passara ao chinês com o mais conveniente "mulheres da China", e quando tinha enchido o pódio disso e de biografias exageradas de Galatea, lançou-se com o generoso oferecimento de doar-lhes algumas terras para suas experiências, e como os chineses suspeitavam de que no dia em que deixasse o poder os deixaria a ver navios, e como também sabiam que o dinheiro dos rojões não chegaria nunca à China a menos que fossem buscá-lo, tinham enviado aquele senhor, o delegado Ming, um quadro médio da prefeitura de Pequim, cujas inquietações, que eram muitas, na verdade tudo o que ele tinha nessa missão, foram sendo traduzidas ao castelhano pelo secretário de negócios da prefeitura de Galatea, que dizia que sabia chinês. Arcadi contaria mais tarde aos companheiros, porque a questão dos donativos para a despedida tinha começado a se tornar cansativa, sobre a conversa que tivera durante o almoço com o funcionário chinês, uma conversa da qual tinha entendido menos da metade mas na qual, apesar da rudimentar tradução do secretário Gualberto Gómez, havia transparecido sua profunda preocupação de que os mexicanos passassem a perna no governo revolucionário. O pobre chinês não comia nem bebia de preocupação, contava Arcadi aos sócios, mas tampouco parecia que controlasse muito nem o projeto que ia fiscalizar, nem o dinheiro que ia receber, nem o prédio que iam doar ao seu país, o pobre chinês não controlava absolutamente nada e, graças às esfarrapadas traduções do secretário Gualberto, entendia um terço do que lhe diziam; o que restava naquele almoço tempestuoso era ver como o prefeito festejava seu santo, como se desconjuntava em cada uma de suas gargalhadas e como batia na mesa e dava tapinhas nas costas de seus colaboradores que se aproximavam para desejar-lhe feliz santo dom Froilán, muitos dias destes licenciado Changó, que Deus o conserve muitos anos, excelência, e coisas do estilo. A história dos fogos de artifício tinha inquietado os sócios de La Portuguesa, Arcadi reunira todos na sua varanda para contar-lhes isso, porque sendo os protetores mais frequentes dos negócios obscuros do prefeito, era certo que ia pedir-lhes alguma coisa para a faustosa despedida, algo muito mais custoso do que os rojões da China com seu perito importado de Hollywood; de modo que ficaram tranquilos quando souberam que a única cooperação que lhes exigia era um pedaço de terreno para montar o show de "música moderna", não sabiam que depois da festa que lhes coubera apadrinhar, e que deixaria a fazenda imersa na desgraça, iam ter que arcar com a oferta que o prefeito Changó fizera três anos antes em Pequim ao povo da China, porque alguns dias antes da sofisticada pirotecnia que marcaria seu adeus definitivo, Changó tinha enfrentado o chinês e seus ajudantes que exigiam a terra prometida, além do pagamento imediato do material importado. A cena se deu no escritório de Changó, no palácio municipal de Galatea, e os habitantes se lembram dela até hoje, porque em determinado momento, no ápice da discussão, quando o secretário Gualberto fazia um emaranhado com as ideias do delegado Ming e as gesticulações e os grunhidos e os dramalhões se transformaram no único veículo de comunicação possível, os dois ajudantes, que eram dois chineses temíveis e superalimentados, tinham imprensado o prefeito no balcão das grandes solenidades e, diante de todos os cidadãos que passavam nesse momento pela praça, pegaram-no pelo pescoço e ameaçaram jogá-lo se não cumprisse no ato com suas duas demandas; assim Changó não teve mais remédio a não ser tirar um maço de dinheiro de sua caixa-forte para liquidar a conta, e resolveu a questão das terras como havia resolvido sempre a metade dos conflitos econômicos de sua legislatura: "Que os espanhóis contribuam", e dito e feito, quando em La Portuguesa mal começavam a dimensionar a tragédia deixada pelo show, o secretário de governo Axayácatl Barbosa chegou acompanhado por um contingente de chineses e apoiado por um policial municipal, que tinha a missão de conferir valor legal ao dossiê de expropriação que o prefeito assinara a toda pressa. Arcadi e Bages tinham pedido explicações ao secretário Axayácatl, mas este não tinha feito mais que ler o dossiê assinado pelo prefeito e quando lhe pediram mais explicações, por exemplo de que forma podia a lei amparar aquela expropriação instantânea, Axayácatl os convidou a passar no palácio de governo, coisa que Arcadi e Bages fizeram imediatamente, Arcadi subiu feito um zumbi na caminhonete, ia destruído pelo que tinha acontecido na sua casa na noite anterior, estava com a cabeça ocupada pelo que tinha acontecido com Marianne que nesse momento delirava na sua cama e que, para consolidar a desgraça, morreria três dias depois, apesar dos esforços que a xamana e um médico do México fizeram para mantê-la viva. Arcadi e Bages chegaram à praça de Galatea onde um grupo de trabalhadores, coordenado por um loiro que era o especialista em pirotecnia que tinha chegado dos Estados Unidos, erguia a sofisticada estrutura. Atravessaram a praça buscando um caminho entre os tubos e as peças metálicas que cobriam os paralelepípedos, irromperam no palácio e exigiram ver o prefeito, mas o secretário particular, habituado aos excessos que o estilo autoritário do seu patrão costumava provocar, mandou-os esperar numa sala, mas Bages não estava disposto a perder tempo em salas de espera, afastou-o violentamente para um lado assim como a um guarda obeso que não ofereceu a mínima resistência, e quando abriu a porta deu com os olhos furiosos do prefeito, que estava armando alguma coisa com dois índios de chapéu e, sem se levantar da sua cadeira, sem fazer nem um gesto para os senhores que conversavam com ele, começou a dizer a Bages e Arcadi, sem deixá-los pronunciar nem uma palavra, que a expropriação era irreversível, que nem Deus pai poderia tirá-la, que o melhor era que voltassem à sua fazenda sem fazer tanta confusão e que, se não deixassem imediatamente seu escritório, seu palácio e Galatea, ia encerrá-los na cadeia enquanto ele pessoalmente ia violar uma por uma as mulheres da fazenda e depois, antes que seu governo alcançasse seu iminente final, aplicaria o artigo 33 da Constituição e os mandaria todos para a Nicarágua. Bages ficou desarmado e mudo diante daquele poder ilimitado, diante daquela crueldade inconcebível, e Arcadi aproveitou esse momento de pasmo para tirar dali o amigo e evitar que, na explosão de fúria que ele calculava que viria depois, os metesse numa confusão maior com o prefeito. Mas Arcadi estava enganado, os distúrbios do dia anterior tinham afetado profundamente Bages, tinham-no acovardado; depois daquele baque, que vinha somar-se a outros muitos, Bages ficou subitamente velho, envelheceu ali mesmo enquanto Arcadi o tirava do palácio municipal e o conduzia pela praça rumo à caminhonete.

7

No verão de 1974, três meses antes da invasão, a Copa do Mundo foi marcando o ritmo da fazenda. Arcadi instalou a televisão na varanda, era a única que havia em vários quilômetros ao redor e a sala da casa não era suficientemente grande para abrigar a multidão que queria assistir aos jogos transmitidos ao vivo da Alemanha. "Isso está acontecendo agorinha mesmo em outro país?", perguntava Teodora, a criada, espantada de que esse fato milagroso acontecesse ali mesmo, naquela selva que, como ela mesma declarava com frequência, "estava abandonada pela mão de Deus". Ver as imagens de outro país descendo naquele aparelho, que estalava e se superaquecia em um canto da varanda, suavizava em alguma coisa a relação da servidão com aqueles senhores que, como aquelas imagens, também tinham chegado de longe, e por outro lado, como raciocinaria a própria Teodora depois do jogo entre Holanda e Bulgária, se aquilo chegava "de quem sabe onde, como não ia chegar a mão de Deus?". Meses antes de começar o campeonato tivéramos tido a decepção de Espanha e México terem ficado fora nas eliminatórias e nos deixado sem time, mas assim que passou esse descalabro, um descalabro considerável, pois das duas possibilidades que tínhamos não conseguimos nenhuma, González propôs muito acertadamente que nossa equipe fosse a Holanda porque Cruyff jogava no Barça, e Neeskens se uniria ao time na temporada seguinte. Acompanhávamos o Barça nas páginas de *Las rías de Galatea*, o jornal local que era propriedade de um velho galego que havia feito fortuna na primeira metade do século passado e que, como todos os espanhóis da região, tinha uma estreita relação com Arcadi e seus sócios, tanta que, toda segunda-feira, como uma atenção para com seus assinantes catalães, que eram exclusivamente os que viviam na fazenda, publicava o resultado do jogo do Barça, com uma notinha que era preciso procurar entre o amontoado de notícias que gerava a liga regional de beisebol, e com muita frequência se tratava de resultados de uma ou duas semanas antes, ou seja, a vitória ou a derrota da equipe chegava até nós quando os culés de Barcelona já a haviam comemorado ou digerido, e provavelmente esquecido porque já estavam dois jogos adiante. O fenômeno era parecido com o das estrelas, que brilham à noite com uma luz que vem de tão longe, e que saiu faz tanto tempo de sabe-se lá que dimensão espacial, que é provável que a estrela que a gente está vendo já tenha se extinguido há anos, e acho importante escrever isto para que se some ao monte de irrealidades que constituíam nossa vida, um monte de irrealidades que contrastava com a realidade brutal, incontestável e absoluta que provia permanentemente a selva. Para completar, a notícia que o galego publicava nas segundas-feiras continha apenas o nome da equipe rival e o número de gols que haviam feito, nunca havia fotografias, nem detalhes do jogo, nem tabela de posições para sabermos como estávamos com relação às outras equipes, e esta informação em bruto, despojada do seu contexto, nos fazia ver o Barça, além de como uma estrela que num descuido já se extinguira, como um herói solitário que se batia toda semana com um inimigo diferente. Aquela maldade de ficarmos sem time na Copa representava a situação da prole que tinha nascido e crescia na fazenda, uma prole que vivia como na Espanha mas que tinha nascido no México e por isso tinha dois países e duas identidades. Mas havia outra interpretação, menos otimista, que nos fazia sentir que não éramos nem de um lugar nem do outro, éramos, em todo caso, daquele limbo vegetal que gravitava a oeste de Barcelona. Por outro lado, e pelo próprio limbo em que vivíamos, nossa afeição por essas duas seleções incompetentes estava fortemente demarcada pelos fatos: a Espanha não podia ser nosso time porque era o país do qual tinham nos expulsado e além disso era governado pelo ditador, o carrasco da nossa família, e o México também não porque a três por dois nos fazia sentir que não éramos dali, que éramos os invasores e os herdeiros de Hernán Cortés e de sua tribo de rufiões que tinham chegado ao México para rebatizar essa terra com o nome de La Nueva España, e ato contínuo se entregaram à violação desenfreada das pobres mulheres mexicanas, cujas criaturas iriam conformando uma récua de filhos da puta, uma fina récua que era representada todos os dias por alguém em La Portuguesa, um trabalhador, um criado, o dono de um estábulo de cavalos, um político ou sua excelência o senhor prefeito; todos eles, em determinado momento, recorriam à retórica do conquistado, do violado, do bastardo, e reclamavam, por exemplo, um aumento de salário ou uma contribuição, com uma raiva e um ressentimento que fazia parecer que os donos da fazenda, longe de estar negociando a doação ou o salário, acabavam de violar sua mãe.

Naquele território da indefinição onde não podíamos nos sentir nem mexicanos nem espanhóis, sentíamo-nos do Barça ou do sucedâneo que tínhamos à mão, que no mundial de 1974 era a gloriosa seleção da Holanda.

Meses antes de começar a Copa ficamos sabendo, em primeira mão, que o Barça tinha sido campeão da liga; naquela segunda-feira o diretor de *Las rías de Galatea* tinha redobrado seus cuidados com uma informação mais completa, não só com o anúncio de que tínhamos ganhado, mas também com uma fotografia em preto e branco de Johan Cruyff e uma lista parcial dos craques que formavam a equipe e dos quais ainda me lembro; mais do que isso, cada vez que me encontro com meu irmão Joan em algum lugar do planeta, sempre vem aquela fórmula mágica, aquele conjuro que nos transporta à fazenda, àquele limbo a oeste de Barcelona onde nascemos por obra e graça da guerra: Sadurní, Rifei, Torre, Rexach, Asensi, Marcial, Sotil e Cruyff. A foto do craque holandês era uma imagem imprecisa na qual mal se distinguia o uniforme e obviamente nenhuma das feições ou o semblante do jogador que disputava a bola com outro, o número sete de alguma equipe de uniforme claro; no entanto, com todas as suas carências, era uma imagem cheia de garra e de épica que imediatamente se transformou num tesouro que foi parar numa moldura com vidro, para que a umidade e as manchas que os insetos deixavam não acabassem de apagar a única imagem do astro que, em 1974, tinha chegado a esse rincão de Veracruz. Na segunda-feira em que fomos campeões, embora na verdade o tivéssemos sido uma semana antes, Puig abriu algumas garrafas de champanha para celebrar esse acontecimento que não se repetia desde o campeonato de 1960. Puig tinha chamado todos aos gritos, enquanto Isolda, sua mulher, auxiliada por duas de suas criadas, montava uma mesa com uma toalha branca e comprida, com travessas de embutidos e uma ilhota de taças numa bandeja. O galego de *Las rías de Galatea* foi convidado à comemoração, porque era amigo da fazenda, mas também porque era nosso elo involuntário com o time, uma categoria que ele mesmo, conforme pudemos constatar nessa ocasião, levava muito a sério pois ele, que era mais para desalinhado, apareceu todo vestido de branco, dos sapatos ao chapéu-panamá, seguido por um séquito encabeçado por sua mulher, uma morena fogosa que trazia uma panela de polvo, e se completava com dois rapazes que carregavam caixas de vinho, "para que não falte nada neste dia histórico", disse, e imediatamente se serviu de uma taça da champanha que Puig tinha aberto e se instalou no centro da comemoração como se tivesse sido o mais culé de todos, e como se sua desordem editorial não nos tivesse deixado naquele meio-dia festejando o campeonato com uma semana de atraso. O caso do galego tinha graça, de tanto escrever toda segunda-feira os resultados dos jogos do Barça, acabara se transformando num barcelonista furioso, que já naqueles dias renegava o Celta, que tinha sido seu time a vida toda. Algumas semanas depois daquela comemoração chegou uma carta da tia Neus, a irmã de Arcadi que ficara em Barcelona depois da guerra e de quem só conhecíamos a voz que saía todo fim de ano pelo telefone; a carta, na qual colocava o irmão mais ou menos a par de sua vida, trazia um anexo que nos deixou perplexos e que progressivamente iria deixar perplexa La Portuguesa e depois, como uma infecção, Galatea e seus arredores: dentro do envelope vinha um papelzinho branco e retangular com um garrancho que, conforme explicava Neus, era a assinatura de Johan Cruyff. Aquele garrancho, que de boca em boca foi se transformando rapidamente em objeto de culto, tinha sido conseguido por Alícia, filha de Neus e prima de Laia, que em um de seus trabalhos jornalísticos encontrou o jogador de futebol no aeroporto de El Prat e pediu-lhe um autógrafo para seus sobrinhos que moravam no México e o tinha dado à mãe para que o enviasse na carta seguinte, muito simples, com esta naturalidade tinha chegado à selva aquele objeto incrível que foi colocado em outra moldura, sobre um fundo *azulgrana*, e pendurado ao lado da foto do astro no quarto que eu dividia com meu irmão Joan. Mas o interesse desmesurado que o autógrafo de Cruyff produziu, um estranho efeito promovido por um intenso boca a boca, logo nos obrigou a exibi-lo a determinadas horas na varanda, porque durante os dias que tinha passado dentro, os curiosos que iam desfilando para contemplá-lo, uma tropa heterodoxa e generosa de crianças e adultos, tinham deixado os corredores da casa pretos de barro, e por outro lado, como se o barro pelos corredores não tivesse sido motivo suficiente, Sacrossanto, que tinha ficado imediatamente fanatizado pelo garrancho do Cruyff, havia expressado seus temores de que alguém penetrasse no nosso quarto e o furtasse, e como sugestão propôs a iniciativa de exibi-lo na varanda, o que, segundo ele, poria remédio aos dois inconvenientes, ao do roubo e ao dos lodaçais porque ali, como sempre havia alguém, seria mais fácil controlar; de maneira que, ao ver que Sacrossanto tomara a proteção do autógrafo como um assunto pessoal, optamos por dar-lhe ouvidos e exibi-lo a certas horas, não imaginamos que isso podia ser interpretado ao modo daquelas casas que exibiam a imagem da Virgem ou de um santo para que os fiéis fossem adorá-la, e que essa confusão ajudaria a que a notícia do autógrafo fosse se expandindo a grande velocidade além de La Portuguesa e chegasse até Potrero Viejo, Ñanga, Conejos e Paso del Macho, de onde os devotos, não do futebol nem de Cruyff, mas de qualquer objeto que tivesse cara de relíquia, chegavam para contemplá-lo. O autógrafo era exposto no intervalo que havia entre o final da sesta e o primeiro *menjul*, que era servido pontualmente às seis por Sacrossanto e a esta hora, de acordo com as estritas normas que Arcadi tinha vociferado, já não podia haver estranhos fazendo bagunça na varanda. Durante as horas de exibição havia um fervedouro de peregrinos com diversas intenções, rigorosamente vigiados por Sacrossanto e por nós que de vez em quando, e no nosso papel de donos daquele objeto incrível, dávamos uma explicação direta sobre sua origem, ou sobre os variados atos heroicos que o jogador tinha realizado pelos estádios do mundo, e faço notar as diversas intenções porque, quando chegaram os negros de Ñanga, que eram velhos amigos da fazenda, prostraram-se na frente do objeto, que Sacrossanto já tinha montado ao lado da fotografia imprecisa numa tábua coberta de veludo roxo, e se puseram a entoar canções de seus antepassados africanos que falavam, conforme contaram antes de ir embora, do apego à terra e à lavoura, valores que bem pouco tinham a ver com aquele jogador de futebol, que realizava suas façanhas em campos incultiváveis e em uma terra que não era a sua. Na mesma frequência dos negros de Ñanga chegavam outros desorientados, e devidamente orientados pelo púrpura bispal que cobria a tábua onde Sacrossanto colocara o autógrafo, ajoelhavam-se com muita cerimônia e entusiasmados pela devoção pediam coisas e depois enganchavam uma medalha na superfície púrpura, ou um pedido escrito, ou um milagrinho, de forma que depois de alguns dias o autógrafo de Cruyff tinha mudado de habitat e se encontrava no centro de uma maré de objetos pequenos e brilhantes, virgens, anjos, Cristos, meninos Jesus, mais algumas figuras da devoção local como o menino-jaguar, o papalotl, um Quetzalcoatl decalcado, uma deusa Chalchiuhtlicue bordada em fios coloridos e a virgem Tonantzin pintada numa folha de casuarina, tudo isso rodeava a assinatura do jogador de futebol e assim ficou até o último dia de sua exibição, quando Sacrossanto, descontrolado, expulsou duramente uns peregrinos que vinham de Motzorongo e nos quais o empregado havia adivinhado, ou imaginado, intenções nada nobres, e para evitar-nos um susto pediu, do alto de sua alteração, que levássemos o quadro enquanto ele acompanhava os peregrinos para fora da fazenda. À margem dos bravos de Motzorongo, que efetivamente tinham pinta de facínoras, Arcadi e meu pai já tinham percebido que tantos estranhos em volta de Marianne, que cochilava na varanda na hora da exibição do autógrafo, constituíam uma convivência explosiva que podia detonar a qualquer momento. De maneira que o destino do quadro purpúreo, com facínoras ou sem eles, era retornar à parede do nosso quarto, onde permaneceu nos anos seguintes, longe dos olhos dos seus devotos. Quando perdemos definitivamente La Portuguesa, Joan ficou com o quadro e o pendurou na sala da casa onde vive na Cidade do México, colocou na tábua uma moldura grossa de madeira escura que lhe deu uma moderna dignidade e também uma nova identidade, porque no dia que me reencontrei com ele pensei que era uma colagem do pintor Gironella até que, de repente, comecei a distinguir as figuras e os milagrinhos e assim que cheguei ao autógrafo e à imagem imprecisa do astro holandês, meu coração deu um salto.

O time da Holanda, comandado por Cruyff, que desde a chegada de seu autógrafo era nossa estrela particular, passou facilmente à segunda fase na Copa de 1974, empatou com a Suécia e ganhou do Uruguai e da Bulgária. Arcadi, como eu disse, colocava a televisão na varanda, que tinha sido reforçada com cadeiras da sala de jantar e uma mesa grande na qual Teodora, dona Julia e Jovita preparavam coisas para petiscar, um sortido de pratos mestiços em que se destacavam os chouriços importados, a carne-seca e os camarões de

Potrero Viejo, e umas sofisticadas omeletes de batata que Jovita preparava seguindo as rigorosas instruções da Laia, que eram um pouco excessivas porque o rigor incluía o ritmo com que devia bater os ovos, um ritmo que mamãe ia marcando com números, um, dois, três, quatro, um, dois, três, quatro, como se estivesse encarapitada com um megafone na ponta de uma pirágua. A mesa de aperitivos era o tempo todo acossada por besouros, moscas, abelhas e marimbondos, que formavam uma nuvem histérica que ia de uma travessa a outra e que era sistematicamente espantada por Lauro, o filho de Teodora que era nosso contemporâneo, e que estava ali a postos com um exemplar de *Las rías de Galatea*, preparado para ser usado contra um inseto que bancasse o esperto, e apesar de sua missão ser executada com zelo comovedor, durante o jogo contra a Bulgária teve que ser substituído no seu posto por Chubeto, seu primo, porque em um dos gols holandeses, não se sabe se por júbilo, descuido, ou por simples mau gênio, tinha esmagado um louva-a-deus no pernil que o senhor Bages trouxera como contribuição à mesa. O complemento dos comes era o bar que Sacrossanto tinha instalado num lado da televisão, de onde havia uma vista privilegiada do campo de jogo e isto fazia com que os meninos brigassem para ser seus assistentes, para cuidar dos gelos, ou das folhas de hortelã, ou enxaguar os copos sujos numa bacia enorme de metal. Para o jogo contra o Uruguai, que era o primeiro, Arcadi tinha disposto um bar muito completo, havia um tonel cheio de gelo com cervejas, refrescos imundos da Curimbinha Risonha e garrafas de vinho branco levadas pelo galego do jornal, aquele culé arrivista que imediatamente havia aderido, e redobrado, nossa paixão pela seleção holandesa, e para que seu entusiasmo ficasse patente, como se as 12 garrafas que trazia a cada jogo não fossem o testemunho de um torcedor eufórico, apresentava-se com uma camiseta alaranjada que lhe ficava pequena, do tom exato que a seleção holandesa usava, só que a dele tinha umas palmeiras estampadas entre o peito e a barriga, e uma inscrição que rezava: "Em Veracruz a vida é mais saborosa." No bar que Sacrossanto organizava também havia bebidas fortes, uísque, rum e vários garrafões de garapa que eram vendidos na cantina de baixo, que era o que os empregados da fazenda bebiam sempre, sempre menos naquele verão de futebol quando, em respeitosa consonância com os patrões, passaram para o uísque e deixaram de lado os garrafões. Eram os tempos em que o sinal que saía da Cidade de México ia voando de transmissora em transmissora rumo ao porto de Veracruz, e voava tão alto que para poder captá-lo, para poder apanhar aquele sinal que estava de passagem, tivemos que fabricar uma estrutura muito alta, um trambolho que sobressaía entre as copas das árvores, com uma antena na ponta que capturava imagens manchadas por rajadas periódicas de estática, que a menor provocação climatológica, uma tempestade de neve ou um chuvisqueiro, desapareciam, iam perdendo o contorno até que se dissolviam na borrasca eletrônica que ocupava toda a tela. Uma dessas borrascas caiu no meio do jogo da Holanda contra o Brasil, quando já estávamos na segunda fase da Copa e com os ânimos bastante quentes na varanda, porque assim que tivemos como rival a Seleção Canarinho, o serviço da casa, os empregados da fazenda e os vizinhos, que eram o público majoritário, esqueceram-se do nosso autógrafo de culto e de nossa admiração por Cruyff e desertaram em massa e começaram a aplaudir o samba de Rivelino, de Jairzinho e Dirceu. Durante aquele jogo não parou de soprar o vento norte, era um vento com rajadas que combinava com o aborrecimento bufante do senhor Puig, que encarou muito mal, e como uma afronta à sua pessoa, a escandalosa deserção dos empregados, e em algum momento do jogo esteve a ponto de cortar o fluxo de uísque e de retornar os desertores aos garrafões de garapa, e à sua embriaguez tenebrosa. O vento soprava com um *in crescendo* que, quando começava o segundo tempo, materializou-se numa tempestade, levantada por violentas ventanias, que tirou a antena de sua estrutura e nos deixou a tela borrascosa e a alma por um fio. Quando ainda não terminava o lamento que nos arrancou o desaparecimento de Jairzinho fazendo um contagioso jogo de cintura em Neeskens, o fiel Sacrossanto, que por certo era o único que, provavelmente porque era o guardião do autógrafo, não tinha desertado da torcida laranja, já saltava para fora do seu balcão estratégico e, sem se importar em estragar a gala branca que estava vestindo, saiu à selva para recolher a antena e, ajudado por Arcadi e por meu pai, e por meia dúzia de curiosos, subiu na estrutura e ao ver que um conserto propriamente dito era impossível porque o vento tinha arrancado pela raiz os parafusos, decidiu que permaneceria ali, exposto ao aguaceiro e aos vendavais, com a antena em riste como uma Joana d'Arc ensopada e trágica, até que o jogo houvesse por bem terminar. Assim, controlando de vez em quando que Sacrossanto não tivesse sido liquidado por um raio, ou que uma ventania não o tivesse levado para Orizaba, foi como terminamos de ver aquele jogo, com os dois gols heroicos que colocaram os nossos na meta de Emerson Leão.

A varanda também lotava quando o jogo, pela diferença de horário entre os dois continentes, caía às 8 horas; então as bebidas se transformavam em sucos e cafés e em um chocolate que fumegava dentro de uma panela enorme e que se servia com concha de sopa. O espaço se enchia com cadeiras da casa e com as que as pessoas iam trazendo e acomodando em todos os espaços livres, e também havia quem subia no muro ou na jardineira. A fazenda parava durante os jogos da Holanda e todos nos metíamos naquela varanda, incluído o Gos, que era o nosso cachorro, e o elefante que, não sei se já falei, ficara vivendo ali como resultado de um estouro de animais que tinham fugido, anos atrás, do circo Frank Brown.

Em meio a toda aquela multidão, parcialmente protegida atrás do balcão de Sacrossanto, estava Marianne, olhando de um lado para o outro com seus olhos estrábicos mais além do jogo, observando o público e tomando uma das beberagens com poção calmante que a xamana preparava, e embora estivesse com a gargantilha presa na parede, e Sacrossanto estivesse a um passo dela, apesar do cerco estreito que a limitava, sua presença vigilante na cadeira, sua tremenda força contida, "engatilhada" como uma arma, penso agora, gerava uma desconfortável tensão nos que conviviam com ela todos os dias, uma tensão que aparentemente não nos afetava mas que impedia em nós o relaxamento completo, a entrega total às linhas mestras com que Johan Cruyff ia liquidando seus rivais porque sabíamos que Marianne, que vigiava tudo com seus olhos azuis estrábicos, meio escondidos atrás de sua grenha de louca, podia explodir por alguma coisa e a qualquer momento. Além das nuvens de moscas, besouros e marimbondos que primeiro Lauro, com *Las rías de Galatea*, e depois Chubeto com a mão mesmo iam liquidando, havia que lutar com as mariposas que pousavam sobre a luz da tela, e o remédio, depois de muito DDT, foi um ventilador cujo jato de ar varria os insetos e de passagem esfriava um pouco o regulador de voltagem, que era um treco de ferro pintado de verde, com uma lâmpada faiscante que protegia a televisão, para que, num dos picos costumeiros da eletricidade, os fusíveis fundissem e nos deixassem na fazenda sem contato com o exterior. No jogo contra a Suécia, que empatamos em zero a zero, o elefante se jogou para fazer a sesta ao lado da varanda, que era uma coisa que não fazia nunca mas, provavelmente nesse dia, tinha se sentido desconfortável pelo alvoroço que o jogo gerava; pôs-se a dormir com grande estrépito ao lado do muro e, como era seu costume, não percebeu que uma de suas patas traseiras tinha caído em cima da bicicleta que Sacrossanto usava para levar recados, e esse estrago que normalmente teria tirado Arcadi do sério, à luz da provável vitória do nosso time, foi encarado com uma leveza insólita. Quando o primeiro tempo alcançava os 15 minutos, Leopito, um garoto que ajudava nas jornadas de semeadura e colheita, subiu cuidadosamente no lombo do elefante, como fazia com certa frequência, e acompanhou o jogo daquela altura privilegiada. Ele gostava de subir ali por vandalismo, para desafiar a corpulência e porque isso lhe dava, conforme ele próprio dissera várias vezes, status de valente. Eu achava o contrário, que aquele ato confirmava que era um garoto idiota. No intervalo, Leopito desceu para devorar petiscos e beber uma Curimbinha Risonha de groselha batizada às escondidas com uísque, e assim que começou o segundo tempo voltou para a altura privilegiada que o tornava ao mesmo tempo valente e idiota, mas então foi imitado por outros dois garotos, o Chollón e El Titorro, que escalaram com cuidado até a posição de Leopito e foram aplaudidos pela parte simplória da multidão que assistia ao jogo. "Então agora vão para a Suécia?", disse com ironia o senhor Puig, olhando para a maioria olmeca e totonaca que tinha desertado no jogo contra o Brasil. "Pois eu sim", disse Heriberto, um gordo moreno de mãos adiposas e com um dente de ouro que era responsável pelo armazém e a quem, para melhor definição, apelidavam El Tláloc. Depois daquela taxativa afirmação, ele mesmo acrescentou: "porque lá nasceram meus avozinhos", e logo soltou uma gargalhada reveladora, que mostrou a todos que não tinha só um dente de ouro, mas um canino e dois molares. A piada de El Tláloc, que além do mais se gabava sempre de ser descendente direto do deus mexicano da chuva, levantou uma gargalhada geral que fez com que o elefante desse um coice, um movimento brusco e instantâneo que fez ranger os restos da bicicleta que estava embaixo dele e mandou pelos ares os três garotos, e depois, como se nada tivesse acontecido, reiniciou seu sono colossal.

O ventilador varria todo tipo de insetos exceto as viúvas, aquelas mariposas enormes e pretas que se plantavam na tela e por mais que o ar batesse com força, às vezes tanta que manchava a imagem com o pozinho oleoso que arrancava das suas asas, não conseguia movê-las de sua posição porque, segundo Sacrossanto, que adorava os almanaques e pasquins de divulgação científica, a barriga do inseto gerava um importante magnetismo ao entrar em contato com as forças eletrônicas que a tela emanava, uma explicação que achavam boa, certamente por preguiça, e que nunca ninguém se ocupou de verificar. As *cuijas* também eram imunes aos poderes do ventilador, eram uns insetos enganosos que à primeira vista pareciam lagartixas mas que com a luz da tela, ao aderir com força nelas, deixavam aflorar sua natureza psicodélica, tornavam-se translúcidas e permitiam que as cores das imagens que passavam embaixo delas formassem desenhos estrambóticos com os órgãos que palpitavam no seu interior. Mas havia um terceiro inseto que brigava pelo território da tela com as viúvas e as *cuijas*: a lesma, um molusco comprido e visguento que deixava um rastro molhado nos seus percursos e, como era muito lento, sua rota até a tela era previsível e portanto controlável, com um método que, agora que o descrevo, parece-me inadmissível e selvagem: bastava jogar-lhe em cima um punhado de sal para que a lesma se retorcesse e fosse se dobrando sobre si mesma até a desintegração, até ficar transformada num pequeno atoleiro de gosma, e durante esse processo infeliz, que nos divertia uma barbaridade, o molusco produzia um som agudo que parecia um grito. Mas às vezes durante essas manhãs de Copa, em períodos de muita tensão futebolística, quando ninguém cuidava do chão nem das paredes, nem havia ninguém preparado com um punhado de sal, alguma lesma conseguia penetrar até o campo da televisão e ia resvalando jogo abaixo até que alguém a tirava dali, geralmente Arcadi, que, como dono da casa ocupava o camarote de honra, e além disso o gancho de ferro que tinha no lugar da mão que tinha perdido num acidente era o instrumento ideal para desterrar o bicho.

Durante o jogo final entre Holanda e Alemanha Ocidental, houve uma premonição que nos desmoralizou desde o começo. E como se isto não tivesse sido suficiente, meia hora antes do jogo apareceu Maximiliano, aquele personagem que, de acordo com o imaginário da fazenda, pendurava-se nas vacas para chupar-lhes o sangue do pescoço. Maximiliano tensionou o ambiente na varanda, era um cara esquelético, de cor verde, que murmurava frases ininteligíveis e que chegou diretamente pedindo copos de garapa a Sacrossanto; e embora tenha ido embora antes de o jogo começar, deixou instalada uma má vibração que se podia apalpar; sua dieta à base de sangue não era nada ao lado da carga tão negativa e poderosa que ia derramando por aí. Imediatamente depois da retirada de Maximiliano veio a premonição. Não estávamos ainda nos 15 minutos do primeiro tempo quando o grito descontrolado de dona Julia e a passagem de uma serpente nahuyaca de vários metros, à velocidade de um projétil, entre as pernas da torcida semearam o pânico na varanda. Primeiro veio o grito e em seguida o chocalho inconfundível da víbora e os outros gritos dos que foram sendo tocados nos tornozelos por aquela besta rápida, úmida e fria. "Fodeu o campeonato", opinou El Tláloc uma vez que a besta, como todos tínhamos podido ver, tinha saído por entre as colunas da varanda rumo à selva. E assim foi, a Alemanha cravou dois gols e nós apenas um, o campeonato tinha fodido por culpa da nahuyaca, e a Holanda era vice-campeã, um resultado que nos deixou uma tristeza volátil, porque o triunfo do Barça na Liga era capaz de relativizar qualquer outra catástrofe futebolística. Agora que vou escrevendo estas linhas fica claro que a passagem da nahuyaca entre as pernas de todos, um acontecimento estranho porque as serpentes costumam fugir das pessoas e mais ainda das multidões, não significava que perderíamos a final da Copa: era o aviso de que se avizinhava o dia da invasão.

8

Conforme entrava na selva, a bordo do 4X4 que aluguei assim que desci do avião da KLM, começou a surgir um monte de lembranças que estavam ali, me esperando. Tinha sido muito ingênuo ao pensar que podia passar a vida sem voltar a La Portuguesa, e que podia preservá-la da ruína com o simples gesto de ignorar sua deterioração. O que vi assim que cheguei me fez lembrar o que tinha pensado sempre, que a selva é deles e que nós estávamos de passagem, que com o tempo, de nós, que parecíamos os amos e senhores daquela fazenda, não sobraria nem rastro, foi exatamente isso o que vi assim que cheguei, não que não houvesse nem rastro, o que teria sido mais fácil: vi a forma como estamos desaparecendo. Já tudo é selva menos a casa em ruínas de Bages que continua de pé como o último vestígio daquilo que foi uma fazenda e uma próspera comunidade, tudo o que resta daquela república sentimental é aquela casa em ruínas presidida, e isto foi o que de verdade me partiu o coração, por sua arruinada bandeira republicana. "A ruína que vem depois da ruína", pensei. Desliguei o motor diante da casa e permaneci um momento grudado ao volante sem me decidir a descer, acovardado frente àquela ruína, ou provavelmente esperando um sinal, em todo caso me pareceu um preâmbulo péssimo para a operação da qual minha mãe tinha me encarregado. Precisamente quando esperava um sinal, reparei na canção que vinha ouvindo no iPod, uma canção francesa que diz: *la dernière heure du dernier jour, à la bonne heure, à nos amours*; anoto isso porque, por alguma razão, essa ideia de "a última hora do último dia" não só me infundiu a coragem e a decisão que me faltavam para descer do carro, para pôr os pés pela primeira vez em anos nessa selva, também me pareceu que essa parte da canção estava relacionada com o dia da invasão, com o momento em que La Portuguesa começou a ir a pique, com o instante em que vi o que não devia ter visto nunca. Antes de descer do 4X4 coloquei o iPod no bolso, fiz isso com um movimento automático que mal percebi, mas agora que vou pondo por escrito penso que desci com aquele pequeno artefato da modernidade para que me defendesse do mundo arcaico onde acabava de pôr os pés, para que me servisse de amuleto contra a selva, ou melhor, contra o que tinha de mim mesmo nela. Caminhei para a porta da casa me sentindo protegido, com a determinação que o conjuro "a última hora do último dia" tinha me insuflado, um feitiço que não eram apenas as palavras e seu significado, também o timbre da voz que as cantava, a forma como eram ditas e a música que as sustentava, uma fórmula mágica integral que ouvida em outro momento talvez tivesse me parecido uma canção comum. Era um dia nublado e úmido e soprava um pouco do norte, estava fresco e era provável que chovesse à tarde. Quando já estava bem perto da porta apareceu Chepa Lima com um gesto antissocial e uma pergunta de boas-vindas que somei à ruína que via por toda parte: "E o que faz por aqui o *senhorito*?", disse e em seguida, sem me dar tempo para responder nada, deu meia-volta e disse que ia avisar o patrão. "Entre *nen, endavant*", ouvi Bages gritando alguns segundos depois, com um ânimo no qual se podia detectar um resquício de alegria. Atravessei o saguão, a sala de jantar e a sala que dava para a varanda, três espaços muito amplos para um velho que vivia sozinho, estavam mobiliados com as mesmas peças, agora horrivelmente arruinadas, de quando eu era criança. Imediatamente senti o golpe do cheiro de fechado, havia um bafo geral de umidade, tabaco e urina, todas as janelas estavam cobertas por cortinas lustrosas de veludo vermelho, e isso obrigava Bages a manter as luzes acesas o tempo todo, um contrassenso naquela selva onde a luz do sol, mesmo num dia nublado como aquele, entra em cheio por toda parte. Ao final da sala, encolhido num banco na varanda, emoldurado pela única janela que tinha as cortinas abertas, estava o velho Bages, que, encurvado, com uma manta nas pernas e um copo na mão, olhava para a selva ou talvez apenas pousasse ali os olhos. Como estava de costas para a janela, tive um momento para observá-lo sem que se desse conta, diante dele havia uma mesa com um telefone sem fio, um bule e meia garrafa de uísque com a qual, a julgar pela alegria com que tinha me convidado a entrar, ia batizando o café da manhã. Ao lado do dele havia um banco vazio e aos seus pés cochilava um cão ao qual não importou que um estranho irrompesse na casa. "Olá, Antoni, *com anem, com va tot*", disse-lhe. Bages saltou no assento e com cara de surpresa me disse: "Mas a que horas *has arribat*, entre *nen, seu* aqui", e disse isto pondo a mão no assento do banco vazio que estava ao lado do dele. "Mas você acaba de me cumprimentar aos gritos faz um minuto", disse-lhe, e pela cara que fez entendi que não se lembrava e também imaginei que a missão da qual Laia tinha me encarregado seria muito mais difícil do que eu previra. "*Seu* aqui", repetiu, gesticulando sobre o banco e, no que me dispunha a ocupar o lugar que ele tinha me oferecido, notei com pesar o quanto estava velho, ele que tinha sido um urso se tornara magro e seco e vestia, e isso me horrorizou tanto quanto a bandeira que continuava ondulando na frente da casa, sua camisa de soldado republicano, um objeto agônico, de cor marrom desbotada, que ficava grande nele e que estava semeada de manchas de gordura e queimaduras de charuto. "Sabia que seu avô e eu quase matamos o desgraçado do Franco?", disse-me, assim que me sentei. "Já sei, Bages", respondi-lhe e ele, apertando a mão que acabava de pôr sobre meu antebraço, disse "que importa", e acrescentou, "*vals* um uísque?". "Já bebeu muito, senhor!", gritou Abelina, uma das criadas que estava escondida em algum lugar entre a varanda e a sala. "Cale a boca e traga dois copos longos e uma bandeja com gelo!", gritou Bages, subitamente revivido e recomposto, furioso, inclusive desencurvado, e se a criada lhe tivesse replicado, se tivesse se posto um pouco flamenca, certamente o velho teria abandonado seu banco de um salto para ir gritar-lhe de perto algumas coisas. "Elas o mantêm bem controlado", disse para dissipar um pouco a fúria do Bages. "A mim não *m'ha controlat mai ningú*", concluiu, e eu me arrependi do que tinha dito porque nessa casa justamente o que não havia era controle. Em um canto da varanda estava empilhada uma dúzia de caixas de madeira com produtos importados da Espanha, vinhos, *turrones*, embutidos embalados a vácuo, guloseimas que Bages continuava comprando como se em sua casa vivesse uma família completa; era uma forma cara e lastimosa de sobrelevar que La Portuguesa se acabara e que havia anos ele vivia sozinho com suas criadas naquele casarão. Uma das caixas, que escapava à precária cobertura de plástico que protegia a mercadoria da chuva, tinha um buraco feito por algum roedor, um guaxinim, um rato ou um texugo. "*Agafa el que vulguis*", disse-me assim que se deu conta de que estava olhando suas caixas. "Depois procuramos um vinho para o almoço", disse-lhe e acrescentei, "se é que você quer me convidar para almoçar". "*Aquesta és la teva casa, nen, ja ho saps*", e me deu uns tapinhas na nuca, como se eu fosse mesmo um *nen*.

Quem chegou com os copos longos foi Chepa Lima, a criada que detinha a autoridade na casa, e aproximou-se da mesa com uma bandeja e depositou ruidosamente e com um grunhido os dois copos e um recipiente com gelo. "Mais alguma coisa?", perguntou olhando para a selva, para um gambá que farejava suspeitosamente a base de uma palmeira e que provavelmente calculava as possibilidades que tinha de correr e devorar um dos presuntos importados de Bages, sem que o flagrássemos. "Não", disse o patrão, "pode ir". A relação de Bages com suas criadas era famosa em Galatea, desde que Carmen, sua mulher, o deixara para voltar para a Espanha, ele tinha se afeiçoado, da mesma forma que em sua época seu amigo Fontanet, à dimensão erótica das nativas que, anos depois de aguentar tudo começavam a lhe cobrar seus excessos, viviam à sua custa e o tratavam, as quatro "aias" que ali viviam, como um marido bêbado e febril a quem se deve tolerar porque é ele quem paga comida e roupa e, sobretudo, o status, porque as quatro criadas, conforme tinha me contado Laia, não faziam mais que ver televisão o dia inteiro, viajavam todo mês a Puerto de Veracruz para comprar roupa, andavam de cima para baixo por Galatea no automóvel do patrão e cada vez que este se desligava, organizavam farras com seus namorados na casa e bebiam os vinhos e comiam os presuntos que chegavam de navio, tudo a troco de manter a casa mais ou menos limpa e de permitir ao senhor que de vez em quando lhes desse uma passada de mão ou às vezes, quando não havia maneira de evitar, Chepa se metia nua na cama com ele e o deixava "fazer porcarias", dissera Laia antes de soltar uma gargalhada. Essas caixas amontoadas nas quais eu via um elo de Bages com o passado eram para Laia os mantimentos que o velho comprava para que as criadas ficassem contentes e não o abandonassem, e pode ser que tivesse razão, embora também fosse verdade que minha mãe estava muito zangada com ele pela forma como a tinha tratado, e pelo arranca-rabo com as criadas em que se envolvera. Bages agarrou dois cubinhos de gelo, que em alguns instantes pelo calor tinham minguado em tamanho e consistência, colocou-os no meu copo e serviu três dedos de uísque; depois fez o mesmo com seu copo, mas meus três dedos cresceram para cinco ou seis no dele, "*salut*", disse, e chocamos os copos e também os olhos e durante um instante senti que o fulgor que restava no olhar, incentivado pelo entusiasmo que lhe provocava beber seus seis dedos de uísque, combinava com sua camisa, e que afinal de contas ter lutado e perdido uma guerra, e haver resistido durante décadas de exílio à perda total, davam-lhe o direito de usar aquela camisa, de hastear todos os dias aquela bandeira; inclusive me envergonhei de ter sentido pena e, enquanto durou esse fulgor, pensei que a missão que Laia tinha me encomendado era uma maldade e que o decente era esperar que o velho morresse para vender o terreno, e não lhe cobrar, nem lhe dizer, nem lhe insinuar nada a respeito da dívida que tinha com minha mãe porque, tudo isso eu pensava enquanto durava o fulgor, Bages era o único elo vivo que tínhamos com a guerra e havia que protegê-lo porque sem ele, sem esta peça-chave, "será muito mais difícil para nós entender o quebra-cabeça de nossa perda e de nossa ruína", pensei e o fulgor passou, dei um gole longo no uísque que Bages tinha me servido e me senti feliz de estar ali, sentado naquela varanda, palpitando confortavelmente a 850 metros do nível do mar onde nasci e cresci, senti-me orgulhoso de estar ao lado do companheiro de guerra de Arcadi e esqueci no momento a fórmula mágica que tinha me insuflado coragem, e o totem eletrônico que me protegia do fundo do bolso. No gole seguinte de uísque começou a chover, uma chuva de gotas grossas e esparsas que imediatamente disparou toda a paleta de aromas da selva, o cão se espreguiçou com o som da água nas folhas e foi instalar-se na borda da varanda, a montar guarda, como tinham feito sempre os cães de La Portuguesa, para que os insetos que fugiam da água não fugissem para o nosso território, então Floquet, assim se chamava o cão em homenagem a Copito de Nieve, o gorila branco de Barcelona, nem bem tinha terminado de se instalar e já latia para uma tarântula e duas aranhas pretas venenosas que procuravam o teto e o abrigo da varanda. "*Molt bé, Floquet, molt bé!*", gritava Bages entusiasmado com a bravura do seu cão que não era branco como o gorila de Barcelona, mas preto-azeviche, "mas o que importa", dizia Bages quando alguém o fazia notar a excentricidade daquele nome. Floquet conseguiu afugentar as aranhas pretas, a tarântula optou pela proteção de uma samambaia e as outras correram espantadas selva adentro; assim, como não havia mais inimigos para repelir no momento, o cão se deitou ali, atento e preparado para o caso de se aproximarem mais insetos. A chuva amainou e eu bebi o que restava do uísque, e ainda feliz disse a Bages, "de repente tive a certeza de que somos as duas pontas da guerra, você que a fez e eu que me empenho em esquecer tudo". "E por que vamos esquecer tudo", disse Bages com uma irritação que mandou longe meu entusiasmo e minha felicidade, "vamos esquecer porque perdemos?". "Não", respondi-lhe, "porque tudo isso passou, foi embora, e a prova somos você e eu sozinhos conversando sobre os últimos metros quadrados que restam de La Portuguesa", disse isso e em seguida me arrependi, era uma ideia confusa que pretendia ser um matiz do que na realidade eu desejava dizer: a prova somos você e eu conversando entre estas ruínas. "Talvez você devesse pensar na proposta de Laia", disse-lhe para aproveitar sua irritação e não estragar outro momento do dia com aquilo que tinha que lhe dizer. A proposta de minha mãe era que vendesse a casa e comprasse um apartamento de proporções normais na Cidade do México, ou uma casinha em Galatea se não quisesse abandonar a região, e saquei o assunto porque me parecia que Bages poderia viver melhor, o tempo que restava, num lugar mais manobrável, menos ruinoso; embora, por outro lado, não conseguisse tirar da cabeça a ideia de que Laia queria recuperar sua parcela e convencer Bages de que fosse embora dali para resolver seu problema econômico, assim que disse isso decidi que não insistiria se Bages não fizesse crescer o assunto, e além disso esclareci, porque vi em seu semblante o quanto o tinha incomodado o que eu tinha dito: "Não fique zangado, Bages, eu tinha que lhe dizer isso, não falemos desse assunto se não lhe agrada." Bages repôs as doses, agora sem gelo porque no recipiente tinha sobrado um atoleiro de água quente, três dedos para mim e seis ou sete para ele, e assim que terminou me olhou fixamente e disse: "Quero morrer aqui e em paz, como seu avô, tudo bem?" Chepa Lima chegou à varanda com uma bandeja em que havia presunto e chouriço negro, produtos que, sem dúvida nenhuma, tinham saído das caixas que seu patrão importava. "Muito obrigado, Chepa", disse para ganhar sua simpatia, ou provavelmente nem tanto, conformava-me em tirar virulência do rancor que sentia por mim, e de quebra ao que eu sentia por ela, porque sabia que tinha agredido mamãe e tinha que me conter para não armar ali uma contenda. Por outro lado, me preocupava e me dava nojo que na hora do almoço me servisse uma sopa cuspida pelas quatro aias, ou alguma coisa mais daninha, como uma carne tratada, tratada com magia negra, quero dizer, um desses pratos enfeitiçados que você come e a partir desse momento infeliz sua vida nunca mais volta a ser a mesma. Assim que Chepa saiu, aproximei-me da bandeja para, com o pretexto de apreciar melhor os embutidos, procurar se a simples vista conseguia distinguir uma cuspida ou alguma erva carregada de maldições, disse que o presunto e a *butifarra*, apesar de terem atravessado o mar, estavam com ótimo aspecto e, por precaução, esperei que Bages beliscasse alguma coisa primeiro e só depois peguei uma fatia de presunto da mesma parte da bandeja de onde ele tinha pego a sua. Dei um gole longo no meu uísque recém-servido para fixar o sabor do presunto e de um chouriço que tinha pego seguindo as mesmas precauções. Logo a chuva, que até esse momento tinha sido cerrada e de gotas grossas, começou a amainar e a ficar fina até que cinco minutos mais tarde parou de cair totalmente e um raio de sol, que era o anúncio de que o céu começava a limpar, entrou na varanda e incidiu diretamente sobre a pilha de caixas de madeira. Floquet estava de pé martirizando uma lesma que se aventurou a atravessar a varanda com uma lentidão suicida que o cão aproveitava para despedaçar com sanha o pobre bicho. "*Floquet, ets un fill de puta*", disse-lhe Bages enquanto enfiava na boca uma rodela de chouriço, e depois virou-se para olhar para mim, voltou a chocar seu copo no meu e perguntou, com um tom paternal que combinava mal com sua camisa de guerreiro republicano e seu aspecto de bêbado: "E sua mãe como vai, *fa temps que no la veig.*" "Como assim,

Bages", repliquei, "se ela esteve aqui há uma semana e suas criadas armaram uma confusão?" "Laia esteve aqui?", perguntou genuinamente surpreso, embora eu tenho pensado que podia estar se fazendo de esquecido para que não tratássemos do espinhoso assunto pelo qual eu estava ali sentado na sua varanda, assim deixei de lado a decisão que tinha tomado havia alguns minutos, durante meu breve período de felicidade, e lhe disse, com mais malícia do que pretendia: "Vim de Barcelona para conversar com você e agora você não se lembra nem de que Laia esteve aqui"; disse isso e senti que tinha dito uma baixeza, que além do mais era um pouco mentira porque também estava ali para que a xamana examinasse meu olho. Bages ficou olhando para mim com uma fixidez e uma seriedade que me fizeram pensar que ia deixar de se fazer de esquecido e bobo e que estava disposto a abordar finalmente o assunto do terreno, mas o que me disse com aquela seriedade e fixidez foi: "E já se pode falar catalão em Barcelona?", e depois agregou com um meio sorriso de pícaro: "Sabia que Arcadi e eu quase matamos o Franco?", depois ficou sério outra vez e se endireitou no seu banco para gritar a Chepa que nos levasse dois charutos; "já parou a chuva e agora virão as mosquinhas", disse, piscando um olho com cumplicidade. Uma terceira criada, que não era nem Chepa nem Abelina, chegou com uma caixa de charutos de San Andrés Tuxtla. Eu ainda não sabia de que forma responder ao monólogo desconexo que Bages acabava de lançar, era praticamente claro que não podia estar fazendo ouvidos de mercador com o assunto do terreno, de qualquer forma eu já tinha decidido, como escrevi acima, que falaria com Laia para que deixássemos em paz o pobre velho, mas também me interessava que ele soubesse que, embora a parcela fosse nossa e que a venderíamos quando achássemos pertinente, tínhamos decidido, pelo carinho que lhe tínhamos, que a conservasse o tempo que quisesse. "Obrigado, bonita", disse Bages à criada e imediatamente depois trovejou um grito de Chepa que, de algum canto da cozinha, exigia a imediata presença da moça: "Altagracia!" O grito acabou de dissolver o que eu pensava dizer a Bages, que já tinha começado a dissolver-se com a chegada dos charutos e, para falar a verdade, desintegrou-se completamente diante da inquietante presença de Altagracia, tão inquietante que, mal ela se retirou, em vez de refazer meu discurso, soltei: "Que bonita *aquesta noia*, Bages." O velho sorriu malicioso e disse, enquanto acendia seu charuto com uma grande chama: "É preciso lançar mão de tudo para aguentar a velhice", e imediatamente depois disse, jogando uma nuvem escura de fumaça pelo nariz e pela boca, "*vols um altre* uísque", e sem me dar oportunidade de dizer que sim ou que não serviu os três dedos que me cabiam e com estes terminou a garrafa, "as gotas da felicidade", disse, agitando-a desajeitadamente sobre meu copo, tentando fazer que escorressem do fundo até os últimos vestígios. "Obrigado", disse-lhe, e em seguida aspirei meu charuto e joguei para cima uma primeira nuvem que acertou no meio de uma mancha de mutucas que já me aureolava a cabeça. "Altagracia!", gritou Bages enquanto olhava para mim com cumplicidade, com uns olhos em que se lia com muita clareza o propósito de que eu desfrutasse com outra visão, mais dilatada e profunda, de sua criada.

"Traga outra garrafa e mais gelo", ordenou Bages, e antes que a empregada cumprisse a ordem Chepa Lima apareceu na varanda para repetir ao senhor que já tinha bebido muito. "Cale-se!", gritou Bages e Chepa murmurou "lá vem", e em seguida enviou a mulher que, nessa ocasião, pareceu-me ainda mais bonita, talvez porque já estava preparado para contemplar sua beleza, ou provavelmente porque a vi mais de perto assim que se abaixou para deixar na mesa a bandeja em que havia uma garrafa nova e outro recipiente com gelo, que alguns minutos mais tarde estaria convertido em água quente. Enquanto punha as coisas na mesa observei suas mãos, pequenas e longas, e daí passei aos joelhos e às curvas que ficavam muito perto e depois aos pés, que eram pequenos e no entanto alongados como as mãos, e enquanto ela reposicionava a garrafa e o recipiente do gelo para que Bages não o derrubasse em uma de suas trapalhadas, vi, de muito perto, um ombro, o pescoço, o perfil da boca e tive o impulso de me aproximar para cheirar a área que havia detrás de sua orelha, uma paisagem claro-escura banhada a jorros por sua cabeleira negra que, de onde eu estava porque não me animei a me aproximar, cheirava a água de gardênias e seu corpo a roupa limpa, sei disso porque assim que ela saiu, removeu o ar e deixou um rastro; "que bonita", repeti agora para mim mesmo e também abriguei a ilusão, provavelmente até o projeto, de seduzi-la, de me enrolar com ela, afinal estava ali sozinho, sem mais nada que fazer além de conversar com Bages e consultar a xamana, assim havia tempo de sobra para alguma intimidade com Altagracia, e enquanto esta ideia adquiria dimensões de fantasia e eu pensava que também poderia estender minha viagem, torná-la mais longa e diversa, me detive bruscamente, parei e disse: "Já estou um pouco bêbado, Bages, *estic una mica torrat*", disse em catalão, "e se você não me der algo substancioso para comer sou capaz de fazer uma bobagem", uma "*bestiesa*", disse textualmente, e o escrevo porque esta palavra catalã define melhor o que teria podido fazer e, por sorte, não fiz. O céu havia tornado a fechar e Floquet tinha ido embora, em algum momento correu atrás de alguma coisa e não havia retornado; uma nuvem interrompia o raio de sol que até pouco antes crescia na varanda, primeiro sobre as caixas de produtos importados, e depois passando pelo corpo adormecido do cão, por uma jardineira descuidada, que era praticamente um matagal salpicado de antúrios e jasmins amarelos, e bem em frente aos nossos pés, ali, a nuvem tinha interrompido sua rota. Um anu cantava inquieto selva adentro, com um grasnido fundo que era o anúncio de que não demoraria para voltar a chover em La Portuguesa. O almoço foi servido, na mesma mesa onde tínhamos liquidado o uísque e o presunto e o chouriço negro, por um factótum que me lembrou Sacrossanto, apareceu na varanda com uma toalha branca e dois serviços de mesa e, diferentemente das criadas, cumprimentou-me muito amavelmente e até conversou um pouco comigo enquanto colocava tudo em ordem, uma conversa que me desconcertou porque parecia que me conhecia, que sabia coisas sobre mim, e estava concluindo que Bages ou Chepa Lima o tinha posto a par quando me interpelou diretamente: "Não se lembra de mim, não é?" Disse-lhe que não, ligeiramente contrariado. "Sou o Cruif", disse, com um sorriso entre amável e ingênuo que voltou a me lembrar Sacrossanto, e então lembrei e lhe disse, "claro, é o filho do senhor Rosales", e ele para me dar razão, assentiu com uma frase que, pelo que disse e pelo muito que contrastava com sua solenidade, fez-me rir: "na mosca", disse, e depois de dizer isso, talvez por minha risada, ficou aturdido e deu meia-volta e saiu. Cruif era um dos filhos do capataz que por ter nascido em 1974, o ano que vivemos fanatizados por Johann Cruyff, recebeu esse nome comemorativo, Cruif Rosales, e além disso serviu como precedente para que outros pais da região, a par das façanhas, reais e inventadas, que contávamos do craque, pusessem o nome de Cruif nos filhos, um fenômeno similar, embora em escala modesta e regional, ao de todos aqueles pais que depois das olimpíadas de Montreal colocaram o nome de Nádia nas filhas, em homenagem à ginasta romena. Eu, de cara, não me lembrei do Cruif factótum, era um pirralho quando fui embora de La Portuguesa e agora se apresentava como um adulto, mas assim que me interpelou, tinha me obrigado a observá-lo com mais atenção e vi em seu rosto o daquele pirralho, ainda tinha um nariz desmesuradamente longo escoltado por dois olhinhos afundados e negros. Mas havia outro Cruif com quem eu tinha tido muito contato, Cruif Hernández, que trabalha na prefeitura de Galatea e que, graças à amizade que seu mentor, Laureano Ñanga, tem com o que resta da nossa família, cuidou durante todos esses anos de alguns assuntos em torno de minha certidão de nascimento, um documento anômalo que repousa no registro civil de Galatea, onde não se entende se é mexicano ou espanhol, e o ponto específico onde nasci aparece como "um lugar indefinido entre Galatea e San Julián de los Aerólitos"; esse documento, com o qual Cruif luta periodicamente, cada vez que eu ou qualquer dos que nasceram na fazenda precisa comprovar que nasceu e é filho de alguém, ilustra à perfeição nosso desarraigamento, e comprova a ideia que tenho de que o exílio de uma pessoa é herdado por seus descendentes durante várias gerações. Deixei o charuto aceso para que continuasse produzindo fumaça e de vez em quando fazia uma pausa na comida para reativar as nuvens que mantinham as mutucas sob controle. Um prato de ovos mexidos com feijão em cima de um bife diminuiu com eficiência os níveis de fantasia erótica que tinha alcançado com a explosiva combinação do uísque com os encantos de Altagracia. Bages beliscava com desinteresse o que lhe tinham servido, peixe branco cozido, "como recomendou o médico", dissera Cruif ao deixar o prato porque sabia que o senhor teria preferido o que eu estava comendo. Não se sabia se Cruif não estava a par dos chouriços negros que o patrão tinha devorado, ou se procurava equilibrar as toxinas do embutido com a carne menos violenta do peixe, e tampouco ficava muito claro qual o papel do médico frente à torrente de uísque que Bages bebia todos os dias. Os ovos e o bife fizeram-me descer à terra e me sentia com ânimo suficiente para buscar uma garrafa de vinho em uma das caixas, coisa que fiz auxiliado pelo atento Cruif que não parava de me dizer, como na sua época fazia Sacrossanto, "tome cuidado", "deixe que eu faço isso", "volte para o seu lugar, eu levo". Por outro lado, eu tinha notado que esse rapaz serviçal montava a mesma guarda incômoda que seu pai, o capataz da fazenda, que durante toda a refeição permanecia de pé junto à mesa, na possibilidade de oferecer algo aos senhores que comiam e conversavam e de vez em quando, para não perder a consciência de que havia um trabalhador ouvindo tudo, davam-lhe um pouco de bola perguntando alguma coisa, oferecendo comida que havia na mesa ou fazendo, ocasionalmente, alguma brincadeira com ele.

Bages percebeu que eu olhava com curiosidade para a guarda que o factótum montava ao pé da mesa e lhe disse, olhando-me outra vez não sei se com dissimulação ou de alguma das dobras aonde o tinham levado tantos uísques: "O chato do seu pai fazia a mesma coisa." "Que na glória esteja", replicou Cruif muito sério e sem sair do seu estilo. "O bom é que este fica na sua e não se embola com as criadas", disse Bages da mesma dobra e à maneira, suponho, de elogio.

Ao final do almoço, quando Cruif retornava da cozinha com a bandeja do café, desabou uma chuva torrencial, uma tromba-d'água que as folhas da selva amplificavam. Bages se levantou do seu banco com uma agilidade que me surpreendeu porque, com base no seu aspecto decrépito e no que bebeu, eu tinha calculado que já não poderia mover-se por si mesmo, mas assim que abandonou seu assento me pareceu que ainda era um homem alto e que conservava algo do urso que tinha sido. "Vou fazer uma sesta", disse, à guisa de desculpa, e se enfiou na casa rumo ao banheiro, enquanto Cruif voava para ajeitar-lhe a poltrona, colocar-lhe um travesseiro à altura dos rins e a preparar-se com uma manta para cobri-lo uma vez que chegasse ao seu destino, e enquanto o patrão saía do banheiro, permaneceu em pé, imóvel, como um Manolete com a manta nas mãos. Aceitei a manta que me ofereceu depois de agasalhar o velho, porque com a chuva tinha chegado o frio do norte, e eu tinha vontade de me jogar no sofá que havia na varanda; o uísque seguido do vinho mais a digestão da comida foram me conduzindo a uma sesta profunda que disparou assim que tive a manta em cima e me conectei com o som da minha infância, que é o da chuva, com os aromas que a água desperta ao molhar a selva e com aqueles 850 metros sobre o nível do mar que é a cota onde meu altímetro biológico encontra seu ponto de repouso; e uma vez conectado caí no sono, mimado por todos esses elementos íntimos, e agora que escrevo isto e lembro a maneira como despenquei e me perdi naquela meia hora gloriosa de sesta, noto que me faltou algo todos os dias de minha vida fora de La Portuguesa. Quando abri os olhos me assustei porque não lembrava onde estava, continuava chovendo e tinha despertado com a discussão que Bages e Chepa Lima mantinham mais uma vez sobre a conveniência de o senhor querer beber mais uísque. Bages estava de volta no seu banco, com um pulôver sobre a camisa de guerreiro republicano e o cabelo penteado para trás com água. Deitado num canto da varanda, Floquet mordiscava um pedaço de pau que de vez em quando batia no ladrilho e produzia um ruído agudo e seco que se perdia voando num canto do teto. "*Vols un altre* uísque", perguntou-me Bages, ignorando os protestos de Chepa Lima, assim que viu que eu tinha aberto os olhos. "Preferiria outro café", disse-lhe, "para liquidar a sesta", acrescentei, para que minha deserção do trago não fosse tomada como uma traição, mas assim que vi o efeito que meu pedido provocou na chata da Chepa, acrescentei uma coda que me situou solidariamente do lado de Bages: "E depois do café certamente beberia outro uísque com você, com certeza", disse, para deixar bem claro de que lado estava. Voltei a ocupar meu lugar no banco junto a Bages e lhe contei sobre o quanto tinha dormido bem e sobre a minha teoria de que onde melhor se dorme é nos lugares cuja altitude é exatamente a mesma de onde a gente nasceu, e depois, porque me pareceu que estava interessado no assunto, comecei a dizer que em Guixers, na casa de Màrius Puig, também faço sestas formidáveis porque é um lugar cuja altitude é exatamente a mesma de La Portuguesa, mas Bages me interrompeu bruscamente e disse: "Do Màrius prefiro não saber nada."

Tinha parado de chover, e antes que se fizesse noite, disse a Bages que iria cumprimentar a xamana; fazia meses, como vim contando, que estava com uma infecção que ia e voltava, e a situação tinha começado a me inquietar, os três especialistas que tinham opinado, cada um por sua conta, que era uma conjuntivite agravada pelas horas que passo todos os dias na frente da tela do computador tinham receitado colírios e pomadas cujo único efeito fora dissimular a infecção e, durante os últimos meses, já tinham subido para o nível dos antibióticos, e um deles, o doutor Catalá, começava a vislumbrar a possibilidade de uma intervenção com raio laser, coisa que me assustava. A xamana, não sei se já terei contado, tinha me livrado duas vezes de uma infecção similar, uma na infância e outra já quando era um adulto com muitas horas na frente do computador, e nessa última ocasião a xamana me fez ver que as infecções no olho esquerdo não são necessariamente um problema oftalmológico, podem ser a manifestação de um desajuste na energia do corpo. Os bruxos e os curandeiros, as pessoas que trabalham na reacomodação dessas energias, têm o olho esquerdo muito mais desenvolvido que o direito, a própria xamana o tem assim, por ali, conforme me explicou aquela vez, "entram e saem seus poderes". O meu caso não estava relacionado nem com poder nem com magia, e sim com o desajuste energético, isso tinha opinado daquela vez e eu, anos mais tarde, sentia que a doença era exatamente a mesma. Quando saí da casa de Bages pensava nisso, e também pensava que tinha demorado muitos meses em me animar a atravessar o mar para vê-la, que tinha perdido tempo e dinheiro com os especialistas e isso queria dizer, ia pensando já um pouco envergonhado, que não tinha acreditado suficientemente nela e que, assim que contasse à xamana o que meus oftalmologistas europeus disseram, porque não há forma de esconder isso, nem nada, dela, ia dizer o que dizia sempre em casos como esse: "E por que fica jogando dinheiro fora com esses fantoches, será bobo!" Tinha deixado Bages na varanda preparando o seu enésimo uísque e tendo pela enésima vez o mesmo bate-boca com Chepa Lima, que insistia em controlar o fluxo de bebida que o patrão estava ingerindo, sem nenhum êxito, embora possa ser que durante o tempo que durava essa discussão o fígado de Bages economizasse alguns goles que, somados aos que economizava nos outros arranca-rabos, acabariam ao final do dia regulando um copo completo de uísque. "Leve isto para a xamana", disse

Bages antes que eu saísse rumo à sua cabana, e me deu uma nota de 100 pesos que guardei no bolso da camisa. "Volto num instante", disse-lhe, e ao sair da casa me senti aliviado, Bages tinha alguma coisa de opressivo que eu não tinha notado até então, até que deixei do tê-lo diante de mim e me encontrei fora, longe da sua varanda e dali, a alguns metros de sua casa, olhei para o 4X4 alugado que estava à minha disposição, recém-lavado pelo dilúvio que acabara de cair, e senti um alívio que tratei de reprimir porque tinha algo de vergonhoso, e entretanto coloquei a mão no bolso para apalpar o iPod, o totem da modernidade que me protegia da ruína de Bages que é também a minha, e assim que fiz isso, além de envergonhado, também me senti um pouco canalha. Comecei a caminhar selva adentro, ao redor da zona da fazenda que o mato foi sepultando e que agora é propriedade de uma companhia de papel norte-americana. Esta companhia comprou quase todo o terreno seis meses depois da morte de Arcadi e ainda não fez absolutamente nada ali, embora de vez em quando um grupo de pessoas, "uns sinistros de jaqueta clara e óculos de sol", passeiam por ali, fazem medições, tomam notas, em seguida se embebedam num bar de Galatea, e cada um se enrola com sua nativa, e no dia seguinte partem rumo aos seus escritórios em Atlanta, e "nem te conheço", havia me dito o velho em algum momento da nossa conversa na varanda. Assim que deixei o jardim da casa e me internei na selva, senti o baque da umidade, um calor molhado que reverberava do solo e caía das folhas das árvores; restava ainda uma hora de luz para acabar o dia, acendi a ponta que ainda tinha de charuto porque as nuvens de mosquitos começavam a aumentar. Floquet abandonou seu pedaço de pau e sua modorra assim que viu que me punha de pé e veio atrás de mim, seguindo meus passos como se fosse meu cão fiel, a varanda e a casa e agora caminhava comigo selva adentro, caminhava atrás e ao meu lado e de repente se adiantava com a intenção, imagino, de me mostrar quem estava em dia com esse caminho. O cafezal continuava ali, em meio a um matagal inexpugnável onde se podiam distinguir as filas de pés de café, que continuavam produzindo com seu ritmo habitual grãos que ninguém colhia havia anos; brotavam, amadureciam, apodreciam e depois caíam na terra sem que ninguém os aproveitasse, cumpriam assim cada ano, havia muitos, seu ciclo estéril, um ciclo por outro lado tipicamente mexicano, um ciclo tocado pelo contrassenso que há entre esse campo rico e exuberante e as pessoas que vivem ao redor morrendo de fome. Numa clareira vi ao longe a construção onde se produzia o café e o barracão dos escritórios de onde meu avô e seus sócios dirigiam o negócio, Floquet correu um trecho curto ao longo da clareira e depois virou-se para ver se eu o seguia, se tinha me entusiasmado sua ideia de que fôssemos explorar a construção, e possivelmente um pouco mais à frente onde deviam continuar os estábulos, já sem animais e certamente derrubados pelo abandono e devorados pela vegetação. A selva se espessava em certos trechos, às vezes tinha que me agachar para evitar um caule longo que se arqueava sobre o caminho ou um galho que o obstruía, e outras tive que abrir caminho à força, tanto que ia lamentando não ter pego um facão da casa de Bages. Todo o tempo ouvia e cheirava e sentia a presença da vida que fervia do outro lado da cortina vegetal, um zumbido, uma palpitação intensa e permanente, a reverberação do muito vivo, do mais vivo, do vivo ao limite e sem nenhum matiz, o ruído e a reverberação, o ar saturado de seivas e de sucos, o ar pegajoso, viscoso, untuoso, mucilaginoso. O cão e eu chegamos ao que restava da casa de Arcadi, da minha casa, e ali fiquei mudo diante da ruína, porque o desapego que têm os novos donos por esse terreno deixou margem para que as pessoas da região, os donos tradicionais dessas terras, vandalizassem as casas; da nossa restava a estrutura, com os anos os vândalos foram levando as grades e as janelas, os móveis dos banheiros, as despensas e os suportes, as telhas do teto, os encanamentos e as louças e deixaram apenas o que eu vi, a casca de ovo da casa tomada pela selva. Onde estava a sala, onde assistíamos à única televisão da fazenda, cresce um matagal de urtigas e uma palmeira-real que sobressai entre as vigas do teto, e dentro de nosso quarto há uma bananeira em meio a um grupo de arbustos e dois caules de milho. Precedido pelo cão, que parecia estar lendo meu pensamento, dei uma volta pela casa, por onde dava porque havia lugares onde o matagal impedia a passagem. O espetáculo não era tão comovedor como tinha esperado, como Laia me tinha dito que seria, porque tudo estava tão saqueado que não parecia a casa, parecia outro lugar. Ao atravessar de volta a sala vi que as raízes da palmeira tinham destruído boa parte do piso e foi quando saí para a varanda, talvez porque sua construção simples não permitiu que se deteriorasse tanto, talvez porque me lembre vividamente do que tinha acontecido ali, que me veio em cima o dia da invasão.

9

O dia da invasão começou com uma das crises de Marianne. A agitação que tínhamos tido na fazenda nos últimos dias, por causa dos preparativos para o show, tinha feito, entre outras coisas, com que Carlota e Teodora se esquecessem de encomendar as cápsulas de fenobarbital que Marianne precisava para conservar seu ponto de equilíbrio. Sacrossanto irrompera nessa manhã no salão do café da manhã para dizer a Carlota que o fenobarbital tinha acabado e Arcadi saíra disparado, deixando seu prato de ovos intacto, para dizer ao capataz que deixasse tudo o que tinha que fazer para concentrar-se na busca de um vidro de comprimidos, que vasculhasse as farmácias de Galatea, Fortín e Orizaba e que, se não achasse ali o remédio, estendesse sua pesquisa até Jalapa e, dali, se não tivesse sorte, que continuasse até o México. O capataz saiu também disparado, montou na caminhonete e começou uma busca frenética que culminou, graças ao palpite de um farmacêutico, em Veracruz, onde havia um carregamento de medicamentos detido pela autoridade portuária. Mediante um suborno o senhor Rosales conseguiu que o almoxarife da alfândega abrisse o pacote e lhe vendesse um vidro a um preço astronômico. O capataz retornou suado e satisfeito depois das quatro da tarde, quando os preparativos para o show já tinham inundado a fazenda de estranhos, e depois que Marianne já sofrera a crise que a ausência do fenobarbital provocou no seu sistema nervoso. Os medicamentos de Marianne eram encomendados mensalmente a uma farmácia da Cidade do México, mas naquela ocasião se distraíram e no que Arcadi saía para procurar o capataz, Teodora tinha ido buscar a xamana para que tentasse controlar a crise que era iminente. Marianne tomava o café da manhã de mau humor como sempre, comia a contragosto o que lhe tinham servido e provocava a nós e a Carlota, "o que estão olhando?!", "me deixem em paz!", "parece louca!", gritava para minha avó, o ambiente usual do café da manhã que se pacificava assim que ela tomava seus remédios com o copo final de leite. Mas nessa manhã não havia fenobarbital e Marianne começou a ficar nervosa, e o ambiente na fazenda não ajudava porque, havia dias, a equipe de logística do prefeito Changó tinha tomado posse de nossa propriedade, e desde muito cedo chegavam caminhões com canos para os degraus e tábuas de madeira para a cenografia e técnicos e carpinteiros pululavam por toda parte, e nesse dia se acrescentou mais uma praga que era a parte eletrificada do evento, uns alto-falantes enormes e um sistema de microfonia chiante que, assim que a xamana fez sua aparição, começou a lançar uma peidorreira de sons agudos que fez Gos correr apavorado e dar um perigoso coice no elefante, que nesse momento, como era habitual, colocava a cabeça pela janela para ver se alguém se compadecia e lhe punha algo de comer na tromba, e por causa daquele perigoso coice, sua cabeça bateu no marco e a pancada vibrou de maneira alarmante a parede da sala do café da manhã. "Só falta a parede cair em cima da gente", disse Carlota, visivelmente descontrolada. Marianne olhou com receio para a xamana, que se sentou ao lado dela, "o que você está fazendo aqui?!", gritou-lhe, e a xamana permaneceu impassível, olhando-a como se fosse uma pedra que nem entendia nem se comovia com os dramas dos seres animados. Dona Julia apareceu com uma jarra de água que a xamana tinha pedido para misturar ali mesmo a beberagem, era uma situação de urgência e se não agissem rápido Carlota ia ter que recorrer à injeção e essa era uma medida que, embora se aplicasse com assiduidade, não agradava e preferiam evitar, porque ao aplicar a injeção a menina ficava idiotizada, babava e se movia com dificuldade e não podia articular bem as palavras. "Quem você acha que vai tomar isso?", gritou Marianne, ao mesmo tempo que dava um tapa na xamana que, contra qualquer previsão, desviou com impecável agilidade. Ao ouvir o grito e o rebuliço que o tapa tinha armado, Sacrossanto apareceu com a corrente preparada em uma das mãos que escondia nas costas. Já então havia uma espera irrespirável, Joan e eu não nos atrevíamos nem a piscar porque sabíamos que qualquer movimento, mesmo de pálpebras, era capaz de desatar a ira de Marianne contra nós. Atrás de Sacrossanto entraram Laia e Arcadi, que acabara de mandar o capataz atrás da encomenda urgente. A xamana terminou de misturar sua beberagem e a esvaziava em um copo, passou para outra cadeira para evitar outro tapa mas já então Marianne tinha entrado totalmente em sua crise e, sem dar tempo a ninguém de reagir, pulou de sua cadeira e atirou a jarra que foi dar nas pernas de Joan e o fez gritar e saltar instintivamente e a partir desse momento a coisa transbordou, Sacrossanto tentou colocar-lhe a corrente na gargantilha, mas ao ver suas intenções Marianne lhe deu um empurrão que o mandou ao chão e imediatamente depois começou a gesticular contra Joan e contra mim. Ao ver o que vinha para cima de nós, começamos a correr pelo corredor e ela atrás de nós, com um pouco de desvantagem e de atraso porque deu trabalho esquivar-se das cadeiras e dos corpos que lhe impediam a passagem, que obstruíam sua corrida incontrolável e furiosa em direção às crianças da casa; de um momento para o outro Joan e eu estávamos mais uma vez imersos no pesadelo de ser perseguidos por Marianne, que gritava como uma louca enquanto nós tentávamos calcular as possibilidades que tínhamos, trancar-nos num banheiro ou no quarto de Arcadi, ou sair correndo da casa e nos perder pelo cafezal, que foi o que afinal fizemos, pulamos a janela, como tínhamos feito em outras ocasiões, e começamos a correr desesperados rumo ao cafezal com Marianne pisando nossos calcanhares, apesar da desvantagem e do atraso que lhe tinham imposto as cadeiras e os corpos; atrás dela vinha Laia e atrás de Laia, Arcadi e Sacrossanto, perseguindo-a a toda velocidade porque sabiam que podia acontecer alguma coisa conosco se caíssemos em suas mãos; eu corria atrás de Joan o mais rápido que podia, o mais rápido que jamais corri e no entanto sentia que a cada passo Marianne se aproximava mais e mais, tanto que alcançar o cafezal me parecia impossível, e se Marianne conseguisse me pegar no descampado não teria debaixo do que me colocar, nem forma de tirar de cima os pontapés e as pancadas. Em determinado momento da perseguição Marianne agarrou um pedaço de pau, lançou-o voando contra seus perseguidores e acertou Arcadi em cheio na cabeça, e isso fez com que Sacrossanto abandonasse sua corrida para auxiliar o patrão e que Marianne perdesse um pouco de velocidade e nos desse tempo para nos internar no cafezal, bem no momento em que Laia caía em cima da irmã e rolava com ela recebendo pontapés e socos de Marianne que nessa época era uma fera, uma louca capaz de matar alguém se não a impedissem, e assim que Joan e eu ouvimos o ruído da queda, paramos subitamente para contemplar, uma vez mais, como Marianne batia em mamãe e então, como acontecia sempre, Joan e eu tentamos ajudá-la mas Marianne nos enviou voando pelos ares com uma única sacudida, e aquela cena horrível de mamãe caída recebendo uma chuva de socos terminou como era habitual, com Laia se defendendo da sova mas sem dar nem um tapa, por mais que nós, desesperados, gritássemos "Bata nela, mamãe!", "Bata!", e ela sem fazer nada até que chegou Carlota, alguns segundos depois, com a seringa preparada, e então Arcadi, que sangrava na cabeça, e Sacrossanto a tiraram de cima. Carlota teve que lhe administrar a injeção que nunca queria lhe dar, uma manobra nada fácil porque minha tia não parava de se mexer e de gritar a Arcadi que ele era um porco porque tinha sujado seu rosto de sangue, coisa que era verdade pois, distraído como estava com a resistência, Arcadi não tinha reparado que seu cabelo ensopado de sangue deixava cair, cada vez que sacudia a cabeça, uma constelação de gotas vermelhas. Por outro lado, e isso tornava a manobra ainda mais difícil, o esforço para segurá-la tinha seus pontos fracos, porque a força de Sacrossanto não era suficiente, além do que ele não se animava a pôr as mãos em cima da menina, e Arcadi não podia agarrá-la com o gancho de ferro por medo de machucá-la e o que fazia era segurá-la com sua única mão e apoiar-se em cima dela com o antebraço da prótese. Marianne, ainda mais enfurecida pelas gotas de sangue que caíam em cima dela, começou a dar pontapés e a se retorcer e a gritar mais insultos ao pai, e nessas condições Carlota teve que aplicar seu remédio extremo, na parte do meio de uma coxa com uma picada que a fez saltar e dar uma cabeçada que foi dar na mandíbula de Sacrossanto. Tudo acontecia em um instante, enquanto nós ajudávamos Laia a se levantar e lhe perguntávamos: "Mamãe, você está bem?", *"què t'ha fet la* Marianne?", e ela passava a mão no pescoço, na parte onde sua irmã tinha deixado os cinco dedos da mão marcados, cinco manchas vermelhas que no dia seguinte seriam uma manchona roxa, no dia seguinte quando já tivesse sobrevindo a tragédia que se cozinhava havia dias na fazenda, e havia anos em nossas vidas porque, agora que vou escrevendo e pondo tudo em ordem, vejo que o que aconteceu tinha que acontecer assim e não de outra maneira, embora também é certo que, e esta é provavelmente a verdadeira desgraça, os acontecimentos têm uma lógica contundente uma vez que aconteceram, porque antes que ocorram tudo o que há são cabalas, intuições e prognósticos daquilo que pode acontecer ou não, ou que pode acontecer de uma maneira ou de outra. E aqui convém que não dê mais voltas, que não me interne muito no pouco controle que temos sobre os acontecimentos, e que me concentre nisto, no que estou fazendo agora, em reconstruir aquele mundo, em reviver o que aconteceu, em ler a vida de frente para trás, que é a única forma pela qual posso entendê-la e controlá-la. Marianne caiu logo no estado de idiotice que tanto desesperava Carlota, e assim que parou de espernear e proferir insultos, Arcadi e Sacrossanto a levaram praticamente arrastada até a casa e em seu arrasto não deixava de olhar para nós com seus olhos estrábicos em que a fúria, graças à magia da injeção, começava a desaparecer. Além do pescoço, Laia sentia uma pancada nas costelas, o lábio inferior tinha começado a inchar e sangrar, na peleja tinha perdido um sapato, e seu pé descalço e a claudicação com que começou a andar em direção à casa acentuavam horrivelmente sua derrota; eu ia chorando ao lado dela, porque não suportava ver a minha mãe assim, espancada daquela maneira brutal por sua irmã, e ainda suportava menos que ela nunca levantasse a mão e fosse incapaz de revidar os golpes daquela louca, e isto era o que mais me fazia chorar, um pranto de raiva e de impotência que me fez dizer a Laia aquilo de que vou me arrepender pelo resto da vida: "Queria matar Marianne", "queria vê-la morta para que nunca mais voltasse a lhe bater", e Laia, ao ouvir isso, parou subitamente e depois de olhar para mim com espanto me atravessou a cara com um bofetão que me jogou no chão e me gritou que nunca mais me atrevesse a repetir aquilo, e eu, choroso e ferido e cheio de raiva, voltei a lhe gritar do chão que queria que Marianne morresse e logo, para que parasse de nos fazer mal e então Laia me olhou outra vez assustada, espantada de que seu filho odiasse sua irmã daquela maneira, e sem dizer mais nada deu meia-volta e continuou mancando até a casa. Eram oito e meia da manhã, e o dia já era um desastre, toda essa violência se amplificava pelo caos em que a fazenda estava mergulhada havia dias. Aos chiados das provas de som, somaram-se as marteladas e o barulho e a fumaça produzidos por um gerador elétrico que trabalhava a diesel, um enorme trambolho amarelo situado bem atrás da nossa casa que cada vez que pegava ritmo soltava uma nuvem densa e negra, o início de uma tempestade que entrava pelas janelas da cozinha e depois percorria solenemente os corredores da casa. Marianne tinha sido depositada em sua cama, dormia profundamente sob os efeitos do nocaute químico que a injeção de Carlota tinha lhe produzido. Arcadi e seus sócios viam que o show de despedida do prefeito, que a princípio tinha sido combinado como um evento na periferia da fazenda que não alteraria a nossa rotina, começava a crescer de maneira inquietante. González, que era quem se encarregava das finanças de La Portuguesa, levava dias dizendo aos sócios que aquilo seria um péssimo investimento, que os benefícios que poderiam tirar daquele favor que faziam ao prefeito nunca seriam tão abundantes quanto os estragos que se multiplicavam todos os dias, embora a verdade era que não se tratava nem de um favor, nem de uma troca, simplesmente não tinham remédio a não ser fazê-lo, porque se não agradassem Changó, este ia aplicar o artigo 33 da Constituição e nos expulsar do país para um novo exílio. A essas horas os quatro sócios perambulavam nervosos pela fazenda, o capataz foi procurar o fenobarbital por todas as farmácias da região e tinha deixado dois empregados controlando a entrada, que era uma passagem improvisada que tinham aberto no outro lado da propriedade, com a ideia de que os que trabalhavam no palco e posteriormente a multidão que assistiria ao show não passassem diante das casas, embora o que acabava acontecendo é que aquela equipe interminável de trabalhadores, uma vez que tinha franqueado a entrada, deslocava-se por todos os cantos como São Pedro no céu, levávamos já uma semana vendo-os com o macacão da prefeitura espiando pela janela, ou sentados nas espreguiçadeiras que Puig tinha no seu jardim, ou postos a correr por Gos, que não entendia o que estava acontecendo, como vimos algumas vezes, tocando com precaução, curiosidade e um pouco de pânico a pele rugosa do elefante enquanto ele dormia uma de suas sestas inexplicáveis, inexplicáveis porque com tanto barulho e tanto movimento não se via como podia pregar o olho. Os rapazes que o capataz tinha encarregado de controlar a entrada enquanto saía para procurar o fenobarbital eram um pessoal frouxo sem muita iniciativa, e pelo portão entrava virtualmente quem quisesse. Às 10 da manhã já rondavam pela fazenda os primeiros hippies, os hippies locais que não perdiam um evento onde pudesse haver mais hippies e ocasião de fazer fogueiras e de dedilhar um violão e forjar palavras de ordem espontâneas ao redor do *peace&love*. Alguns dias antes Laia, enquanto observava pela janela dois deles fuçando pelos cantos do jardim tentando encontrar uma jazida de cogumelos beta, tinha soltado uma longa arenga, a casa, segundo ela, ia se encher de hippies, de hippies latino-americanos, tardios e deslocados, que por simples imitação do modelo saxão do *flower&power* vestiam-se com calças boca de sino, camisas com flores bordadas e sandálias franciscanas, e que longe de tentar parar a Guerra do Vietnã ou de elevar o amor livre às páginas da Constituição, limitavam-se a vagar por aí, a não tomar banho, a consumir qualquer tipo de comprimido ou mato que os fizesse sentir-se como autênticos *flower&power* de São Francisco, ou para ouvir o Jefferson Airplane sem entender o que diziam as canções, ou a acender fogueiras e dedilhar violões e cantar o abominável *Perro Lanudo*. Tudo isso, segundo ela, faziam os hippies que ameaçavam invadir nossa casa, e também se amancebavam pelo campo, entre os arbustos ou no meio de uma pradaria, como os hippies originais de Woodstock, só que estes não formavam tribos coradas com os filhos que iam tendo pelos campos e que iam crescendo livremente sem taras nem ataduras sociais, estes, assim que a namorada engravidava, corriam para cortar o cabelo, tomar banho e se casar na igreja. "Que falsos nossos hippies em comparação com os hippies originais", dizia Laia, referindo-se àquela tribo saxã que assumia com valentia todas as etapas da vida, e que chegavam aos setenta anos com seus cabelos longos brancos, suas roupas e colares, sem tomar banho desde 1963 e fumando baseados e bebendo como cossacos e compartilhando suas mulheres; "aqueles sim são hippies, não os nossos", concluía, "que vão claudicando e ao cabo de alguns anos obrigam o filho a fazer primeira comunhão, e assim que ele deixa crescer um pouco o cabelo lhe dizem: corte esse cabelo que está parecendo um mascate".

O assunto dos cogumelos beta não era pouca coisa, Sacrossanto e o senhor Rosales tinham que expulsar todos os dias três ou quatro intrusos que irrompiam em nossa propriedade para conseguir aqueles cogumelos que cresciam espontaneamente dentro da fazenda, e provavelmente também cresciam fora, mas ali eram imediatamente depredados por aqueles hippies que Laia detestava. O caso é que aqueles fungos tinham um alto potencial psicotrópico e as invasões na propriedade se multiplicaram desde que Lauro e Chollón, sem a permissão de ninguém, puseram-se a vender cestas de cogumelos beta no mercado de Galatea. A constante presença de intrusos era um fenômeno indesejável por vários motivos, mas o que mais preocupava era o contato desses jovens com Marianne, que todos os dias via passar algum diante da varanda, posto a correr por Sacrossanto ou pelo capataz, e nunca se sabia como ia reagir, ou pior, temia-se que algum deles pudesse lhe fazer alguma coisa, porque por mais que estivesse doente e explodisse de improviso naqueles acessos brutais nos quais era capaz de arrancar a cabeça de quem estivesse na sua frente, não se podia ocultar que aos olhos daqueles intrusos que ameaçavam invadir nossa casa, Marianne era uma moça loura, bonita, sentada sozinha na varanda, ou seja, uma tentação, assim que um dia, o mesmo em que ficaram sabendo sobre o mercado negro que Lauro e Chollón tinham montado, o capataz, seguindo as ordens dos patrões, queimou a ladeira onde cresciam os cogumelos. O assunto ficou resolvido temporariamente, os garotos que invadiam a fazenda ficaram sabendo que os cogumelos tinham sido erradicados, mas naqueles dias prévios ao show começaram a chegar jovens de outros municípios aos quais alguém tinha assanhado com a história dos cogumelos que cresciam em La Portuguesa, e o assunto reviveu.

"Só nos faltava isso", disse Bages num de seus acessos de raiva, e deu um soco na mesa com tamanha força que atirou no chão o bule que Sacrossanto acabara de colocar; não tinha terminado de se sentar na varanda de Arcadi para beber um café quando viu ao longe, farejando nas vizinhanças da casa de Puig, um casal de jovens que se agachavam para olhar debaixo das folhas de uma taioba, com a esperança de dar com uma família de cogumelos. Depois do soco e de derrubar o bule, que quase caiu em cima de Arcadi, Bages se levantou e se dirigiu a grandes passadas para o lugar onde os jovens bisbilhotavam os baixos da taioba. "Posso lhes ajudar em alguma coisa?", disse com uma voz que os tirou de repente da concentração que sua busca exigia. Os jovens disseram que nada, que só estavam olhando a interessante estrutura das folhas e se desculparam e desapareceram entre umas moitas. Arcadi e Bages caminharam até o portão do show e ali viram que pelos rapazes que o capataz tinha deixado podia penetrar qualquer turba, e então decidiram que falariam com o responsável pelo show na prefeitura para que enviasse, naquele momento, um grupo de policiais que se encarregassem do controle do acesso e dos espectadores do show, que já começavam a aparecer pelos cantos mais remotos da fazenda, uns espectadores que chegavam chamados pela coisa gregária e pela festança, mas também pela lenda dos cogumelos beta, e além disso pela presença da banda Los Locos del Ritmo, que figurava no programa da noite como o número principal, depois que se apresentassem os dois grupos regionais que se encarregariam de ir esquentando a festa para que Los Locos, que aterrissavam de uma excursão praticamente clandestina pela Espanha e pelo sul dos Estados Unidos, brilhassem naquele evento que se supunha a maior experiência internacional que se podia ter naquela selva abandonada pela mão de Deus. Já a mão de Arcadi tremeu quando ligou para a prefeitura para que enviassem reforços, porque ele e seus sócios sabiam que um corpo policial mexicano que mantém a ordem é sempre uma arma de dois gumes, e estavam a par de que a polícia de Galatea era composta de bandidos, valentões e assassinos dissimulados sob um uniforme e uma que outra divisa. A decisão foi pensada e discutida rapidamente no escritório e, apesar de tudo e das dúvidas de Arcadi, solicitaram os reforços que chegaram meia hora mais tarde na parte de trás de um caminhão que transportava refrigerantes da Curimbinha Risonha; uma dúzia de elementos parcialmente uniformizados e acomodados aleatoriamente nos espaços livres que as caixas deixavam. "Sou o comandante da operação", disse enquanto saltava para o chão um sujeito muito moreno com um torso que merecia pernas mais longas. Arcadi e Bages apertaram a mão gorducha que lhes estendia o comandante como cumprimento, aproximaram-se até a área onde se realizaria o show para deixar bem claro que seu campo de ação seria a vigilância do portão e dos arredores do cenário, para não dar pé a que aquela quadrilha de uniformizados ficasse bisbilhotando pela área íntima da fazenda, embora a realidade fosse que, dando pé ou não, a coisa andava já a essas horas um pouco descontrolada, e a prova eram os rapazes que acabavam de surpreender examinando os baixos da taioba. "Sou Teófilo e estou a serviço de vocês", disse o comandante uma vez que estreitou as mãos de Bages e Arcadi, com uma marcialidade que ficava destruída pela barriga que explodia por cima do cinturão. "Ao trabalho, meus jovens!", gritou, e no ato desceram os cinco que esperavam a ordem a bordo do caminhão, entre os refrigerantes. Arcadi explicou ao comandante Teófilo que o capataz tivera que se ausentar e que os rapazes que colocara em seu lugar tinham deixado entrar já uma boa quantidade de indivíduos que certamente permaneceriam dentro da fazenda até que o show começasse, e isso, se não se começasse a controlar, acabaria complicando a montagem do cenário e os trabalhos na fazenda. "Nenhum problema, meu chefe", disse Teófilo, "aqui estamos nós para manter a ordem", e enquanto dizia isto descrevia com sua mão gorducha um arco imaginário que compreendia seus cinco ajudantes, outros morenaços de barriga explodida que pareciam seus clones. "Muito obrigado, comandante", disse Bages, "isso nos deixa mais tranquilos", acrescentou com um crescente desassossego. A essa altura, 10h30, Marianne ainda dormia profundamente, vigiada de perto pela xamana, que montava uma guarda silente e zelosa, olhando com fixidez para a parede e fazendo ranger a cadeira cada vez que se reacomodava. Tinha colocado em uma estufa pedras de incenso que defumavam o quarto, e seus movimentos na cadeira obedeciam às abanadas que dava de vez em vez nas brasas. A fumaça que havia no quarto de Marianne era considerável e insano o calor que a estufa acesa provocava, eu entrara procurando Laia e tivera que sair imediatamente porque o ambiente era irrespirável. Encontrei Laia na cozinha envolta em sua própria nuvem, na nuvem escura e oleosa que periodicamente expulsava o gerador a diesel, estava sentada em uma cadeira com a cabeça jogada para trás, para que Teodora e dona Julia pudessem lhe aplicar com tino uma pedra de gelo no lábio e duas rodelas de pepino que iam passando alternadamente pelas marcas que Marianne tinha lhe deixado no pescoço e em volta do olho esquerdo, que uma vez esfriada a pancada exibia um notável machucado. Assim que Laia me viu olhando o tratamento que lhe faziam, contemplando os machucados que sua irmã tinha lhe deixado no rosto, fez um movimento com a mão para tirar de cima o gelo e os pepinos, endireitou-se na cadeira e olhando fixamente para mim, com um olho mais encurvado que outro pela sova, disse-me que o melhor era que esquecêssemos o que tinha acontecido, que de agora em diante seriam mais rigorosos no controle dos comprimidos de Marianne e que isso não tinha por que se repetir, e então me pôs uma mão carinhosa no rosto para acentuar o que acabava de me dizer e no que eu não tinha acreditado de todo, porque os acessos de Marianne nem sempre tinham a ver com a medicação, subitamente vinha aquela força que se apoderava dela e não havia deus que a controlasse, e além do mais ela já me tinha dito isso o número suficiente de vezes que eu precisava para desconfiar, para não acreditar, para que ficasse muito claro que Marianne estava fora de controle, por isso não podiam deixá-la sozinha nem de dia nem de noite, por isso tinham lhe colocado aquela gargantilha, "venha, *nen, que no passa res*", disse Laia, acariciando minha cabeça como se fosse um cão, e retornou à sua posição na cadeira para que continuassem tratando as evidências de que sim tinha acontecido alguma coisa e sem dúvida continuaria acontecendo, e começava eu a mergulhar nessa angústia quando se ouviu fora uma gritaria que se sobrepôs ao barulho do gerador a diesel e ao tumulto que produzia a montagem do cenário e das escadarias; Laia deu um salto, foi para fora da casa e eu fui atrás seguido pelas criadas, subi no muro da varanda para ver o que estava acontecendo mais à frente, perto da casa de Puig, onde vi um policial de uniforme que perseguia um rapaz, uma cena inconcebível aquela do policial pisoteando vasos de barro e floreiras, e imediatamente depois, uma vez que tinha completado sua apreensão, começava a pisotear o rapaz, uma, duas, três vezes até que lhe arrancou um grito, um grito arrepiante que foi o ponto final da perseguição e da demolição, porque o que se seguiu foi a intervenção de outro policial uniformizado que o levantou por uma axila e começou a arrastá-lo, como uma ave ferida, rumo à área do cafezal onde preparavam o show. Laia interrompeu o arrasto para pedir explicações à polícia, o rapaz estava apavorado e dolorido e além de arrastá-lo pela asa o machucavam, "o que vocês estão fazendo aqui?", perguntou Laia, que por estar em suas próprias refregas não tinha reparado que desde cedo havia hippies rondando as taiobas, nem que Arcadi pedira reforços policiais à prefeitura. "Mantendo a ordem, senhorita", disse o policial, e ia acrescentar mais alguma coisa quando chegou Puig e pôs Laia a par do que estava acontecendo, e enquanto isso o policial aproveitou para continuar cumprindo com seu dever e continuou arrastando o pobre rapaz pela asa.

10

"O que está fazendo aí tão triste?", perguntou a xamana, esparramada contra o tronco de uma árvore, olhando para mim com muita ironia fazia não sei quanto tempo. Estava tão concentrado na torrente de lembranças que caía sobre a varanda destruída, sobre aquela ruína que tinha sido minha casa, que sua voz me fez saltar, e Floquet, que estava deitado ao meu lado, deu dois latidos. "Está aí há muito tempo?", perguntei com a voz pastosa, como se acabasse de despertar de um longo sono. "Algum", disse, lacônica, a xamana, e em seguida acrescentou: "E o soldadinho não mandou alguma coisa para mim?" "Quem?", perguntei desconcertado, mas imediatamente depois, conhecendo seu mau gênio, que era célebre e ilimitado, acrescentei: "O soldadinho não é Bages, é?" "Quem mais ia ser?", disse, olhando com mais ironia e ainda esparramada no tronco, um tronco grosso e contundente que era bastante parecido com ela. "E como vai você?", perguntei-lhe enquanto buscava em todos os bolsos o dinheiro que Bages tinha me dado, passei velozmente por todos até que o encontrei no da camisa. "Por aí você já vê", disse a xamana, separando-se trabalhosamente de sua árvore gêmea e fazendo um gesto com a cabeça que foi dar no coração do que tinha sido La Portuguesa, pelo que tínhamos sido ela e eu nessa mesma selva, sob essas mesmas árvores, e foi dar no coração para pôr em relevo a ruína que nos mantinha cercados e, de passagem, a rabugice da minha pergunta. "E como quer que esteja esta pobre mulher?", perguntei-me eu mesmo enquanto entregava a nota do Bages. "Você vai encontrar outra vez o soldadinho?", perguntou-me. "Sim, xamana", disse-lhe, embora na verdade não tivesse certeza, porque assim que saí da casa do velho e vi o reluzente 4X4, tinha considerado a ideia de me mandar dali assim que resolvesse o assunto do olho, sem dizer nada a Bages, que de qualquer forma, com sua demência senil e tantos uísques, nem sequer deveria lembrar-se mais de que eu acabara de estar ali. "Preciso que lhe leve uma erva", disse-me, e depois fiquei observando fixamente seu rosto e eu notei que estava ficando velha, uma coisa normal em qualquer pessoa mas insuspeitada nela que sempre nos tinha feito pensar que passava pelo tempo incólume, como uma pedra. "Vamos curar esse olho", disse, e imediatamente depois deu meia-volta e começou a dirigir-se em direção à cabana, seus passos trepidantes de sempre que iam abrindo brechas, mas que ao mesmo tempo eram inexplicavelmente graciosos e até leves, se é que isto é possível, se é que não é uma contradição fora daquele microcosmo onde a vida transcorre em outra frequência. Dois azulões se comunicavam na copa muito alta de uma árvore, voltei a vê-los porque havia muita violência nos grasnidos de um deles, e o que vi foram suas figuras negras, sobre um galho, recortadas contra o fogo do entardecer. A xamana acendeu uma ponta de charuto, e eu fiz o mesmo com o meu porque as nuvens de mosquitos começavam a ficar insuportáveis. Soprei uma primeira baforada para cima e depois produzi outra, mais baixa, para ir envolto nela durante alguns metros. "Vejamos se você consegue curar meu olho", disse-lhe, assim que soprei a segunda baforada, "porque o médico de Barcelona não acertava uma", acrescentei e menti porque me parecia ridículo dizer-lhe que tinha ido a três oftalmologistas aos quais tinha pago um dinheirão e não tinham resolvido absolutamente nada, e também me parecia que tantas visitas a médicos de jaleco branco podiam ser tomadas por ela, com certa razão, como uma infidelidade; mas imediatamente depois de manifestar minha esperança e de verbalizar minha mentira, ao ver que ela nem respondia nada nem fazia nenhum gesto nem nenhum ruído ou pigarro de assentimento, arrependi-me do meu comportamento excessivamente ocidental, lamentei não ter inibido essa mania de ficar enchendo o silêncio com frases, quando o protocolo era, como eu bem sabia, não falar quando não fosse necessário e, sobretudo, não entender o silêncio como um peso, nem suas sequelas como uma descortesia, porque enquanto caminhava atrás dela, dando baforadas e aproveitando a brecha que me franqueava, e olhando com curiosidade o que nas copas das árvores se diziam azulões, papagaios e anus, pensava, com certo ressentimento, que a xamana não tinha me perguntado nem por minha mulher nem por meus filhos, nem tinha se interessado pela vida que levo em Barcelona, se estava bem ou se sentia saudade da selva, e sobretudo me provocava ressentimento que não tivesse comentado nada sobe a morte de Arcadi e de Carlota, porque da última vez que a xamana e eu nos tínhamos visto os dois ainda viviam, e também me afligia que não tivesse feito nem a mínima referência ao estado em que se encontrava La Portuguesa, à maneira como aquela selva, que continuava sendo sua casa, devorara a minha, à forma desumana como aquela selva tinha nos apagado do mapa e, pensava já em tom melodramático, ao golpe arteiro com que aquela puta selva tinha me despojado do território de minha infância; e sem poder me conter soltei: "É uma pena o estado em que está a fazenda", e a xamana, que seguia com passo firme na minha frente, soltando baforadas episódicas como se fosse uma locomotiva, não disse, é óbvio, nada, não me respondeu porque meu comentário não tinha sentido, ela sabia, da mesma forma que todos os que viviam ali, que a selva era dos seus havia milênios, e que os anos de La Portuguesa não tinham sido senão um instante numa extensão enorme de tempo, e ali onde eu via destruição, decadência e ruína, eles viam a volta à normalidade, à selva tal como tinha sido sempre, e se amanhã os novos donos desses terrenos decidissem construir ali uma fábrica, os nativos se sentariam outra vez para esperar, com sua paciência imperturbável e milenar, que a selva voltasse a devorar tudo e lhes devolvesse seu hábitat, como tinha acontecido sempre ali onde o tempo não andava em linha mas em um círculo atrás do outro, e visto dali, do tempo da xamana que andava em espiral, nosso reencontro não era grande coisa, tampouco a morte de Arcadi nem a ruína de minha casa, tudo ficava simplificado ao ir passando de um círculo a outro. A xamana entrou em seu consultório, em sua cabana pela qual efetivamente o tempo não tinha passado, tudo continuava igual e à margem do que o tempo em linha tinha feito com a fazenda. Nessa caminhada de cinco minutos seguindo a xamana, percorrendo o atalho que sua locomotiva ia abrindo, aquele atalho que eu tinha percorrido mil vezes, compreendi minha ingenuidade e a de todos nós, que tínhamos sido sempre intrusos nessa selva, entre outras coisas porque transitávamos de outra maneira pelo tempo. Assim que entrei na cabana da xamana se dissiparam, no ato, meu ressentimento e o pesaroso e alheio e intruso que estava me sentindo, e imediatamente me senti novamente integrado, outra vez parte dessa selva que cada vez entendo menos. Agora que penso nisso e que o coloco por escrito, parece-me que aquela integração se devia a que o entorno me era familiar, e inclusive íntimo, a que o tempo em linha não tinha passado por essa cabana que, da mesma forma que sua proprietária, ia somando anos em espiral. A xamana ficou procurando uns pós, levantava os braços robustos para manipular os frascos que tinha na prateleira, com seus galhos para o ar voltou a assemelhar-se à árvore na qual alguns minutos antes se esparramava; vendo-a ali de pé, com seu tronco milenar estirando-se para alcançar algum dos elementos que armazenava na prateleira, pareceu-me ridícula a compaixão que tinha sentido por ela, aquela "pobre mulher" que tinha pensado enquanto ruminava as ruínas que estava vendo, as minhas ruínas que, como digo, não tinham a ver com ela que, bem plantada no seu mundo como tinha estado sempre, sem ter saído nunca dessa selva, sem ter duvidado jamais de onde vinha, encontrava-se em posição para me dizer "pobre": "pobre de você que já nem encontra o lugar onde nasceu", e a partir desta frase que começava a dar voltas na minha cabeça, enquanto eu dava voltas na cabana procurando onde me sentar, pensei que o exílio é muito mais do que não estar no lugar onde você nasceu, e que é muito mais do que não poder voltar: é não poder voltar, mesmo que volte. "E ainda por cima pagou o tal médico", disse a xamana enquanto cheirava um pó amarelo. "Sim", disse-lhe, e como já sabia o que vinha a seguir, não acrescentei mais nada, esperei que terminasse de analisar o pó para que me dissesse, "porque é um bobalhão, eu não curei sempre esse olho?", e dito isto fez uma careta, elevou ligeiramente a comissura esquerda da boca e o movimento atravessou bochecha acima e foi ricochetear no canto do olho, um movimento quase imperceptível que eu interpretei como uma gargalhada. "Já sei, xamana, o que vou fazer?, me enganei", defendi-me. "Sente-se aí", ordenou, apontando um espaço no chão que havia entre dois cestos. Em seguida começou a me falar sobre as energias que entram e saem do corpo pelo olho esquerdo, e que isso não era conjuntivite e sim um desequilíbrio emocional (embora na verdade tenha me dito "não são essas bobagens que o médico disse. É a bagunça que você tem dentro."). Enquanto preparava os pós e o ovo e punha uma caçarola no fogo, começou a me contar sobre o dia em que Carlota viu um vampiro se levantando do corpo de Marianne, aquela história que eu já conhecia porque Carlota a tinha contado a Laia; mas a versão da xamana era diferente, estava orientada de outra forma, porque ela não deixava ver se acreditava ou não nessa história, nada a ver com a versão de Laia que ria e confirmava sua hipótese de que essa selva era o lugar ideal para ficar louco. "Acredita mesmo que foi um vampiro?", perguntei à xamana e, como ela não disse nada, nem vi nenhuma intenção de acrescentar detalhes à história, perguntei-lhe diretamente por Maximiliano, aquele homem que quando criança me provocava inquietação e medo, e então ela olhou para mim e disse: "A que vem essa história?" "As pessoas diziam que ele era um vampiro", repliquei rapidamente. "Você acredita no que as pessoas dizem?", perguntou, e depois acrescentou: "Parece que nem é daqui." Esse comentário me deixou pela segunda vez, em menos de cinco minutos, em *off side*, e me fez sentir novamente ridículo, porque tinha dado por fato que se alguém podia me explicar a história do vampiro era a xamana, até comecei a sentir vergonha da rapidez com que eu tinha replicado que Maximiliano era um vampiro apenas porque as pessoas diziam; a xamana, não sei se de propósito ou involuntariamente, o tempo todo trazia à tona minha ingenuidade, a ingenuidade de pensar que essa selva era o que eu, o que nós tínhamos passado nela, quando o mais provável é que Bages fosse efetivamente um soldadinho e que nessa selva não tivesse mudado absolutamente nada, nem com La Portuguesa nem sem ela e, acima de tudo, que era provável que nós para essa gente não tivéssemos significado grande coisa e inclusive é provável, como a realidade se empenhou em nos mostrar, que todas aquelas pessoas nos odiassem, que nos toleravam ali porque contribuíamos com certos benefícios, e sobretudo porque eram preguiçosos e não queriam investir sua energia em nos expulsar, pois sabiam que cedo ou tarde a selva ia acabar conosco, que não havia necessidade de se esforçar porque estava claro que não éramos nem desse mundo nem desse tempo e que a única coisa que existia de verdade ali eram a selva e suas criaturas, a única verdade era esse cosmo vegetal que cresce e se multiplica permanentemente e que tudo contagia e polui e ao final integra a seu corpus úmido, palpitante e desproporcionadamente vivo, vivo à beira da decomposição, vivo ao limite, e então, já situado nessa via mental, enquanto a xamana preparava seus instrumentos para me curar, com o charuto ainda jogando fumaça na mão, pensei que certamente tampouco a xamana gostava de mim, que ia curar meu olho estimulada pelo dinheiro que ia cobrar de mim, da mesma forma que meus oftalmologistas de Barcelona, e assim que pensei isso, assim que me dei conta, tudo adquiriu uma ordem matemática, uma lógica acachapante: o desinteresse e o silêncio da xamana tinham mais a ver com o desprezo do que com a maneira indígena de ser que eu estava imaginando, e então, como por arte de magia, de sua magia, quero dizer, senti-me em paz ali, senti-me de certa forma curado, ficou claro que a xamana era como a selva, que as duas eram a mesma coisa: eram verdade, e justamente quando cheguei nisso, ela se aproximou com o ovo na mão, na sua mão enorme que tornava tudo pequeno, e antes de passá-lo diante do meu olho e de se pôr a murmurar seus conjuros indecifráveis, disse-me uma coisa que confirmava tudo o que nesse instante de iluminação acabava de pensar: "Não se esqueça de que sua avó bebia uma barbaridade." Aí estava a confirmação, a forma como eles nos tinham visto sempre, o que para essa selva, de verdade, significávamos. "Tire os sapatos e deite-se no chão", disse, eu obedeci rapidamente e como pude, porque meus movimentos estavam restringidos pelos cestos que me ladeavam, tirei as botas e me estendi no chão de terra tentando não pensar mais naquilo que pensara o tempo todo, ou pelo menos não pensar enquanto durava o tratamento. A xamana começou a me auscultar, foi subindo por meu corpo a partir das plantas dos pés, dizendo um de seus conjuros ininteligíveis e sem fazer nenhum gesto que me desse um indício de como me encontrava. Alguma coisa fervia na panela que estava no fogão, ouvia-se o borbulho e de repente saltava para fora uma gota que caía na luz e fazia faiscar a chama, aquela faísca era como um relâmpago no interior da cabana que estava a meia-luz. Tinha escurecido e a neblina se infiltrava com acanhamento pela porta e pela janela, chegava até a soleira, estancava ali e de vez em quando se desfazia em um galho longo que entrava e flutuava um pouco à deriva e depois se desfiava e se dissolvia em algum objeto. A xamana se entreteve na região do estômago e prosseguiu com o peito, o pescoço e as orelhas, eu permanecia imóvel para não interferir na sua concentração, respirava de perto seu hálito que era uma mistura de aromas intensos em que conviviam seivas e lodaçais, o sexo e as flores, a umidade das sombras e a alma viciosa da putrefação, sentia em cheio no rosto o golpe do hálito que contribuía com densidade para o seu conjuro, e em duas ocasiões vi como a neblina que entrava em galhos longos, antes de se desintegrar, revolvia-se com as palavras que pronunciava e parecia que da sua boca saía um fantasma, um fantasma que mesmo que eu tentasse não pensar em nada, pensava que era o espírito da selva que entrava nela, que ela era apenas o veículo dessa força ingovernável, dessa verdade com que novamente ia me curar. De repente mudou o ritmo da cerimônia, a xamana interrompeu seus murmúrios, suas chicotadas de hálito sólido, e me olhou com uma fixidez que me fez estremecer, então abriu a boca para dizer alguma coisa, passou o ovo lentamente pelos meus olhos, e eu já não consegui nem ouvir o que disse, nem ver o que fazia depois com o ovo, caí em uma catatonia que pode ter durado várias horas, não sei ao certo, porque quando abri os olhos estava sozinho, ensopado dos pés à cabeça e tiritando de frio, já era de madrugada e à névoa, que continuava na porta e na janela, somou-se uma frente fria, o anúncio de que no dia seguinte entraria em La Portuguesa um temporal. Levantei-me com dificuldade, doíam-me todos os ossos, parecia que alguém tinha me arrastado de cima a baixo pela selva, tinha lama na roupa e no cabelo e as mãos cheias de raspões como se tivesse tentado me agarrar quando me derrubavam, ou deter alguém ou alguma coisa extraordinariamente forte. A xamana tinha deixado umas velas acesas ao meu redor, parecia a marca de giz que os policiais fazem seguindo o contorno de um cadáver. Pus-me de pé e toquei a panela que antes de adormecer esquentava no fogão, estava fria; procurei algum sinal e a única coisa que encontrei foi um molho de ervas, enfiado num saco plástico, colocado em cima de uma mesinha que estava ao lado da porta; pensei que era a encomenda de Bages, então o peguei e no seu lugar deixei uma nota de 100 pesos que tirei com as mãos trêmulas da carteira, o honorário que, supus, devia pagar à xamana. Resolvi a questão da roupa molhada e da lama antes de sair dali, imaginei que a xamana tinha me passado algum de seus emplastos, alguma vez a vira usar um enorme, que ocupava uma folha de palmeira e que havia passado dos pés à cabeça no senhor Rosales; decidi dar por certa essa explicação e não dar mais tratos ao assunto. Quanto às mãos, achei que era melhor esquecer, qualquer possibilidade me deixava arrepiado. Saí da cabana rumo à casa de Bages, tentando vislumbrar o caminho com a luz da Lua que conseguia filtrar-se entre a névoa e fazendo um exercício de memória sobre aquela picada que tinha percorrido mil vezes. À medida que caminhava ia desentorpecendo e a dor geral dos ossos ia se retraindo para certos pontos dos braços e das pernas. Quando cheguei às ruínas do que tinha sido minha casa, vi que no muro da varanda, justamente onde algumas horas antes tinha estado recordando vividamente o dia da invasão, havia uma majestosa garça branca, agasalhada por uma névoa espessa, e quando passava diante dela, com o iPod que tinha tirado do bolso na mão, senti um nó no estômago, aquele pássaro majestoso erguido sobre minhas ruínas me produziu medo e rancor, era mais uma encarnação da mensagem que não parava de me acossar: aqui não resta nada seu; não pode voltar, ainda que volte. Continuei caminhando às cegas pela selva, apertando na mão meu elo com a modernidade, até que vi o brilho da Lua que transpassava os véus da névoa para se estrelar no capô do 4X4. Floquet começou a latir para mim e só então reparei que tinha me deixado sozinho quando a xamana tinha feito sua aparição. "Você é um covarde", disse-lhe assim que se aproximou para me cumprimentar, abanando o rabo e aproximando-se para que lhe desse tapinhas na cabeça. A casa de Bages estava às escuras, deixei o saco de ervas enganchado no trinco e caminhei ao redor do 4X4 acompanhado pelo entusiasmo de Floquet, abri a porta e senti um alívio imenso ao me sentar ao volante, não me importou em nada a dor aguda que senti assim que coloquei o cinto de segurança, pus a máquina para funcionar e voltei a sentir conforto ao ver a luz azul e tênue do painel de controle, liguei o iPod e, antes de pôr música, acendi a luz da cabine e olhei meu olho esquerdo no retrovisor: estava curado, o olho estava perfeitamente branco e não havia vestígios da infecção. Comecei a avançar lentamente pelo caminho, Floquet me acompanhou latindo por alguns metros e depois desistiu, deu meia-volta e caminhou na direção contrária, rumo à casa de seu dono. Longe, à altura do vulcão, começavam a cair os primeiros raios, o anúncio da tempestade que já não ia me atingir. Vi no relógio do painel que eram quatro da manhã, e ao mesmo tempo que ia deixando para trás a selva fui pensando na garça branca e no enigma das minhas mãos feridas, e na tarde horrível da invasão.

11

Tudo começava a acontecer muito rápido nessa manhã, os acontecimentos iam se amontoando um atrás do outro e eu não conseguia tirar de cima de mim o desejo de que Marianne morresse, era um desejo que ia além de mim e sobre o qual não tinha nenhum controle, sabia que era errado desejar a morte de alguém e que era ainda pior desejar a morte da irmã de minha mãe e no entanto desejava isso, não conseguia evitar, era um desejo que parecia ordenado por outro, como aquele que me tinha invadido uma vez quando Teodora se empenhou em nos levar à missa, para tirar-nos o "renegados", disse e ato contínuo nos fez ajoelhar no altar e, sem qualquer rito de iniciação, nos convidou a comungar. Joan e eu nos ajoelhamos ao lado dela, ela sem muita ideia do que aquilo significava: por mais que Teodora nos dissesse "estão prestes a receber o corpo de Cristo", não conseguíamos compartilhar a emoção que ela sentia, nem sequer entendíamos o que significava isso de "receber o corpo" de alguém, porque a única coisa que víamos era um babador onde não cabiam muitas interpretações, víamos o padre Lupe, assíduo visitante da fazenda, dando aos fiéis hóstias que ia tirando de um cálice sagrado dourado que ao lado dele, com uma solenidade que nos parecia ridícula, era segurada por El Titorro, aquele menino desastrado que era amigo de Lauro e com quem tínhamos estado no estábulo na noite das vacas. Cada vez que o padre Lupe punha uma hóstia na língua de um fiel dizia a frase "O corpo de Cristo", a mesma frase que nos tinha adiantado Teodora que virava o tempo todo para olhar para nós para verificar por nossos gestos se já tínhamos compreendido a relevância daquele ato, coisa que certamente não acontecia porque para nós, que tínhamos crescido à margem do imaginário católico, o padre Lupe era apenas um dos amigos que frequentavam La Portuguesa e o detalhe de mostrar a língua para que ele pusesse ali uma hóstia, que tinha pego com a mão do cálice sagrado controlado por El Titorro, parecia-nos, antes de mais nada, nojento; para nós Lupe era um gordo de mau hálito que tentava congraçar-se à força de cócegas, socos e piadas estúpidas, dos amigos de Arcadi, era com o que menos simpatizávamos, e no entanto, por respeito a Teodora, ali estávamos ajoelhados ouvindo o ritmado "corpo de Cristo" que o gordo repetia, com tal ritmo e tantas vezes que o que comecei a ouvir ali ajoelhado conforme o amigo de meu avô se aproximava foi "o porco de Cristo" e me deu vontade de rir, uma risada abafada porque todos, até El Titorro que era em si mesmo uma piada, estavam muito sérios. "Do que você está rindo?", perguntou Teodora desconcertada porque dava para ver claramente que não estávamos captando a intensidade do momento, e como efetivamente não captávamos, eu lhe disse, com toda a naturalidade e na voz mais baixa que então me saía, que estava rindo porque parecia que o padre Lupe dizia "o porco de Cristo". Teodora ficou lívida e não conseguiu falar nada porque nesse momento o padre Lupe dizia "o porco de Cristo" e ela estava obrigada a mostrar a língua; eu hesitava entre mostrá-la ou não, e a mesma coisa acontecia com Joan, não contávamos com que o padre, aos nos ver ajoelhados ao lado de Teodora, simplesmente passou reto, nos deixou ali ajoelhados e El Titorro, ao ver que o padre tinha nos deixado plantados, puxou-o pela batina e o fez saber com um rápido cochicho no ouvido. "Esses meninos não são batizados", disse Lupe a El Titorro, embora na verdade tenha dito isso olhando zangado para Teodora, e em seguida continuou avançando na fila de fiéis que o esperavam ajoelhados, proferindo a enigmática frase "o porco de Cristo", cada vez que um de seus fiéis mostrava a língua, e embora eu soubesse que o que dizia era "corpo", não era capaz de ouvir outra coisa que não fosse "porco". "O porco de Cristo, o porco de Cristo", comecei a dizer assim que saímos da igreja, uma gororoba barroca que várias gerações de padres tinham acabado de arruinar com camadas de pintura verde pastel e anjinhos e imagens de um mau gosto que raiava o divino. "O porco de Cristo", dizia eu entre risadas, e Joan me apoiava com umas gargalhadas temerárias, temerárias porque o que Teodora nos disse a seguir, que nos deteve subitamente, deixou-nos apavorados: "Se voltarem a repetir isso, Deus vai castigá-los." "E como ele vai nos castigar?", perguntou Joan, ainda rindo. "Vai fazer com que seu pai e sua mãe morram." A resposta da Teodora nos assustou muito e serviu para que eu parasse de repetir em voz alta a frase blasfema, mas não para que parasse de pensar nela e de repeti-la mentalmente com uma obsessão que me sentia incapaz de controlar, mesmo sabendo que se tratava de uma frase maldita, de um feitiço verbal que segaria a vida de meus pais. Teodora fazia a mesma coisa que a Igreja fez durante séculos para reter seus fiéis: semear o medo; mas com todo o medo que ela efetivamente tinha me colocado, eu não parava de pronunciar mentalmente "o porco de Cristo", por mais que soubesse que as consequências seriam irreparáveis e funestas, por mais que soubesse que estava errado e pior, por mais que desejasse não fazê-lo, não conseguia tirar da cabeça esse feitiço e nesse mesmo dia à tarde, andando sozinho pelo cafezal, me vi apavorado dizendo a frase em voz alta, apavorado mas ao mesmo tempo fascinado pelo poder que Teodora tinha me revelado, o poder para acabar com a vida de alguém cifrado numa fórmula de quatro palavras. É óbvio que eu não queria matar meus pais, não queria que meus pais morressem, mas tampouco podia subtrair-me à fascinação que me causava o fato de que umas poucas palavras fossem capazes de provocar uma coisa tão grave, tão grave quanto deixar órfãos dois meninos, assim, mesmo sem querer matar meus pais, mesmo gostando muito deles, eu ia pelo cafezal dizendo obsessivamente em voz alta "O porco de Cristo, o porco de Cristo", exatamente da mesma forma e com a mesma compulsão que ia dizendo naquele dia "Que morra Marianne, que morra Marianne", mas entre a fórmula de Cristo e a de Marianne havia uma diferença importante:

que naquele dia eu queria mesmo que Marianne morresse, cada vez que dizia isso não me asfixiavam nem o terror nem o arrependimento porque, pensava então, sem Marianne viveríamos melhor e já não haveria ninguém que batesse em mamãe, não daquela forma que me desesperava, sem que ela levantasse a mão e se deixando machucar e prejudicar. No mesmo dia da invasão eu tinha chegado ao meu limite, ia caminhando pelo cafezal desejando em voz alta a morte de Marianne e ouvindo ao longe as marteladas sem trégua dos construtores do palco e a barulheira do gerador de energia que enchia a fazenda de fumaça de diesel, era um dia péssimo para chegar ao limite porque de vez em quando topava com um policial ou com um operário ou com um jovem dos que conseguiram penetrar desde cedo que ou me cumprimentavam ou me perguntavam o que estava fazendo por ali só e taciturno, e eu tinha vontade de responder que o que estava fazendo era desejando a morte de Marianne, mas não dizia nada, só tentava me aliviar ao longo do cafezal porque tinha chegado ao meu limite, o qual era um fato sem importância porque eu era uma criança, e a quem importa que uma criança chegue ao seu limite, se isso acontece o tempo todo, se a educação consiste em corrigir a criança cada vez que chega a certos limites, mas eu então não via assim, eu sentia que daquele limite podia desatar uma tempestade, que pronunciando minha fórmula, meu feitiço, com o empenho suficiente acabaria provocando a morte de Marianne, tratava-se de um delírio infantil, de um fato sem importância, embora agora que penso e ponho por escrito, fique claro que um delírio deve ser atendido venha de quem vier, que uma criança desejando a morte de alguém com tamanha raiva é um ponto de poder, um número negativo, uma sombra que desajusta em alguma coisa o entorno. Antes desse dia, não fazia nem uma semana, Marianne tinha nos pregado outra peça. Aproveitando sua sesta na varanda, num dos períodos de sonolência que lhe provocava o fenobarbital, fomos ao seu quarto com a ideia de folhear uns gibis de sua coleção, ela tinha dezenas de revistas empilhadas e escrupulosamente organizadas, sabia exatamente que gibi estava em que pilha e o lugar que nesta lhe correspondia. Acabávamos de vê-la dormindo em sua cadeira de balanço, com a cabeça inclinada, a boca aberta, os braços caídos ao lado do corpo e a juba loura cobrindo-lhe parcialmente o rosto. Sacrossanto, como fazia desde o dia em que Marianne tinha saído nua pelo jardim na presença do prefeito, tinha tomado a precaução de enganchar a corrente à gargantilha, se por acaso despertasse subitamente e se pusesse a perseguir alguém como uma louca, como a louca que era embora em casa não se pudesse pronunciar essa palavra, não se podia dizer que Marianne era louca nem de brincadeira. Sacrossanto a tinha prendido com a corrente, e o tinha feito todo compungido, todo cheio de dedos porque Sacrossanto era contra que amarrassem a menina, "como se fosse um bicho", tinha dito a Arcadi mais de uma vez e Arcadi tinha respondido o que dizia sempre, que também não gostava mas a outra alternativa era colocá-la no manicômio de Galatea e comparado com aquele fervedouro de loucos a corrente não só era um remédio benévolo como também o meio, o veículo, o salvo-conduto para que Marianne pudesse permanecer na fazenda.

Era o ano de 1974 e naquela selva largada pela mão de Deus não chegavam as ONGs, nem havia direitos humanos e em comparação com o que se via por ali a gargantilha de Marianne não parecia um remédio violento, muito pelo contrário. Apesar da explicação que Arcadi lhe tinha dado duas ou três vezes, Sacrossanto não estava convencido dos benefícios da gargantilha e todos os dias prendia compungido a menina, com cara de quem não gostava nada de cumprir essa ordem, coisa excepcional nele que era um homem a quem agradava muito servir, que tinha sido capaz de imolar-se como um para-raio naquele dia da Copa do Mundo em que uma ventania nos tinha deixado sem antena. "Está dormindo?", perguntamos a Sacrossanto, e ele, que vigiava zelosamente seu sono barbitúrico, nos tinha dito "como uma pedra", e então fomos para o seu quarto folhear os gibis, tomando sempre a precaução de prestar atenção no lugar e na posição exata em que ela os guardara, coisa não tão difícil porque de todo o seu universo de gibis só nos interessavam dois, o da Belinda e o do Gato Félix, e não nos interessavam nada Kalimán, nem Periquita, nem Tarzan, nem Luluzinha, nem Chanóc, nem Memin Pingüin, não nos interessava nenhum deles que eram a maioria, e agora que vou pondo isto por escrito lembro com muita clareza o gosto pelo gibi da Belinda, um gosto matizado pela estranheza e pela inveja que nos produziam os personagens: um casal com filhos, cão e casa num subúrbio americano, cujas histórias eram de uma domesticidade acolhedora; Dagoberto ia trabalhar enquanto Belinda preparava a comida, e mais adiante comiam juntos com seus filhos que acabavam de chegar do colégio, e de noite viam televisão, uma vida familiar vulgar e insípida que nos fascinava justamente por isso, porque era a vida que não tínhamos, porque nós vivíamos em permanente naufrágio, sujeitos a todo tipo de forças obscuras e incontroláveis, e também à perseguição de minha tia a louca, o inimigo que nos minava na intimidade, de dentro como os parasitas que nos colonizavam ciclicamente o organismo e que a xamana jogava fora com umas infusões fétidas: *taenia solium, taenia saginata, ascaris lumbricoides, giardia lamblia, entamoeba histolytica, strongiloides stercolaris, ancylostoma duodenale* e *necator americano*. A domesticidade de Dagoberto e Belinda nos fascinava, eram uma família sem parasitas nem parentes loucos, com uma estabilidade invejável, não os tinham expulsado de nenhuma parte, não tinham inimigos nem fora nem dentro de casa, nem seus dias, nem cada minuto desses dias, gravitavam ao redor de uma guerra perdida. Muito recentemente, quando retornei ao mundo do gibi arrastado por meus filhos, encontrei-me com Asterix, a história que teria que ter lido em La Portuguesa, e me encontrei com ela na vida que levo agora no meu bairro de Barcelona, que se parece com o de Dagoberto e Belinda, e ali em suas páginas vi, com trinta e tantos anos de atraso, que nossa comunidade era parecida com a dele, com sua convivência intensa, suas grandes refeições ao ar livre, com aquela língua que só eles falavam e o mago que resolvia tudo com beberagens, e sobretudo era parecida no permanente naufrágio, no temor, no medo de que a qualquer momento pudessem ser invadidos pelo outro, na certeza de que fora da paliçada, além dos limites de sua propriedade, convertiam-se automaticamente em inimigos.

Naquele dia, enquanto Marianne fazia sua sesta química, com a gargantilha, aproveitamos para folhear seus gibis, passamos uma hora tirando revistas e colocando papeizinhos em seu lugar para que não nos esquecêssemos do lugar que lhes correspondia, e ao cabo desse tempo nos demos conta de que faltava um papelzinho e não fomos capazes de lembrar a que gibi correspondia. Joan e eu deixamos o quarto de Marianne com certo temor mas também convencidos de que ela não ia reparar naquele erro que nos parecia insignificante, mas à tarde, depois de comer, apareceu furiosa em nosso quarto, gritando fora de si, já sem rastros de sua sesta química, e antes que pudéssemos dizer qualquer coisa veio para cima de nós, estávamos no chão jogando ludo e para nossa sorte ela tropeçou numa cadeira e isso nos deu tempo de levantar mas não o suficiente para fugir dali porque Marianne com um tapa pegou Joan por um pé e lhe deu um soco que o enviou ao chão justamente quando eu, em um ato mais de reflexo do que de coragem, atirei o tabuleiro nela e isso a descontrolou por um instante, instante que Joan aproveitou para saltar pela janela rumo ao cafezal. O alvoroço em nosso quarto fez Sacrossanto correr e Laia vir gritando para a irmã que não se atrevesse a pôr a mão em nós, mas eu já estava muito encurralado, ela me mantinha num canto, junto ao banheiro, sem possibilidade de escapar, e justamente quando pensava que Laia estava para chegar e que não ia me acontecer nada e que me resgatariam a tempo, Marianne me deu um soco na cabeça que me atirou no chão e dali vi como Laia e Sacrossanto entravam no quarto e como Marianne, sem tirar os olhos de cima de mim, tateava nos arredores do lavabo até que deu com algo sólido, uma barra de sabão que sem sequer um olhar lançou contra minha mãe e a cravou bem no meio da testa, foi um golpe brutal de som inesquecível que a fez perder o equilíbrio e cair no chão, e quando pensei que o que faria a seguir era me cobrir de pancadas, Marianne se deteve, observou o campo de batalha, viu-me encolhido embaixo da pia, Laia esparramada no chão com as duas mãos no rosto e Sacrossanto apavorado fora do quarto, e então considerou, como não podia ser de outra maneira, que tinha ganhado o combate. Logo que Marianne saiu triunfal do quarto eu me desencolhi para socorrer Laia que tinha um galo em evolução no centro da testa e assim que me aproximei ela se endireitou e me perguntou "você está bem?", esta pergunta que se fazem os que sofreram um acidente. Isso tinha acontecido uma semana antes do dia da invasão, no dia em que eu tinha chegado ao meu limite e caminhava dando pisoteadas pela terra úmida do cafezal dizendo minha fórmula mágica: "Que morra Marianne, que morra a louca"; ia dizendo com um rancor asfixiante, e agora que penso e escrevo, vejo que a cólera me impedia de apreciar o outro lado de Marianne, porque nesse momento não era mais que a louca furiosa que nos batia, e não tinha em conta, não podia fazê-lo porque a odiava, o reverso da nossa relação, porque aquela vida de pancadas e correrias tinha seu contraponto, que era Marianne nua sob o chuveiro com seus peitos e seu pelame e seu sexo de mulher adulta expostos diante dos meus olhos espiões, um sexo que eu olhava com curiosidade, mas também com desejo, com um desejo de menino que tinha mais de brincadeira do que de urgência e no entanto adivinhava que ali, entre aquelas dobras que Marianne esculpia longamente com a esponja, pulsava o mistério da vida. Aquele mistério estava relacionado com as coisas excessivamente vivas que compunham a selva, com aquele sexo ambiental que se prodigalizava na circulação da seiva e nos aromas da flora putrefata e que se concentrava no núcleo de um antúrio ou no interior de uma goiaba; e assim, afobado e brincando, fui me aproximando da cama de Marianne enquanto dormia suas sestas químicas profundas, aquelas que lhe sobrevinham ao combinar mesantoína e fenobarbital com a injeção tranquilizadora, e que tinha que fazer na cama porque na varanda podia cair da cadeira e estrangular-se com a corrente, e seguindo os batimentos do coração da vida, como um cão ou possivelmente como um cordeiro, colocava a mão entre suas coxas, saltava a barreira da calcinha e brincando e afobado e com uma vertigem crescente ia lhe desdobrando as pétalas e sentia como depois de um instante seu sexo ia se volteando e molhando, ia se distendendo o canal da vida e o quarto ia se enchendo de seu aroma primitivo, de uma bruma que cheirava a mar e a selva e a flora podre.

12

O capataz retornou de Veracruz com o fenobarbital quando Marianne mal acabara de sair do sono químico da injeção. Tinha despertado depois de um ataque de tosse que lhe produziram as pedras fumegantes da xamana e, como costumava acontecer, levantou-se da cama como se nada tivesse acontecido, como se algumas horas antes não tivesse massacrado a irmã, nem tivesse assustado à morte seus dois sobrinhos, nem tivesse posto a casa de pernas para o ar. Comeu sozinha na mesa atendida por Teodora e discretamente monitorada por Sacrossanto, porque se percebesse que a estavam vigiando, se se sentisse acossada pelo olhar de alguém, não demorava para ficar violenta, a gritar ou atirar alguma coisa, um copo ou um garfo, ou o prato cheio de comida como tinha acontecido em mais de uma ocasião. Antes que se levantasse da mesa, Sacrossanto lhe deu sua dose habitual de medicamentos, um ato quimicamente temerário, cujas consequências ninguém foi capaz de calcular, um ato imprudente que era o resultado de uma deliberação rápida e muito prática de Arcadi, que pensava, provavelmente com razão, que precisamente nesse dia de caos na fazenda era importante ter Marianne sob controle e evitar qualquer tipo de fúria ou o que pudesse lhe sobrevir, e pensando nisso, depois de comunicá-lo a Carlota, disse a Sacrossanto que, apesar de a menina ter tomado a injeção tranquilizadora, era importante que tomasse pontualmente sua ração completa de medicamentos, "não importa que passe a tarde um pouco atordoada", dissera Arcadi a Sacrossanto e este que, como já disse, sentia uma devoção especial por Marianne, cumpriu a ordem com sua cara compungida e pensando que era um exagero, que a menina já estava bastante "lentinha" com a injeção, assim disse, assim se referia sempre, ao estado lerdo a que chegava Marianne logo depois de tomar seus remédios. Depois do almoço que transcorreu em paz, sem gritos nem objetos atirados, Sacrossanto, como fazia sempre, levou Marianne para a varanda e a ajudou a sentar-se na cadeira de balanço porque cinco minutos depois de ter tomado os comprimidos, que nesse dia se potencializaram com os ecos da injeção, a menina já começava a tropeçar e a perder o equilíbrio. Marianne se jogou na cadeira de balanço e Sacrossanto enganchou a corrente na gargantilha, era importante tê-la sob um controle férreo porque a fazenda começava a se encher de estranhos.

O show começou 18h30, conforme previsto. O palco estava em parte terminado e dois eletricistas ainda estavam montando umas lâmpadas quando começou a tocar El Mico Capón, uma banda de harpa e *jarana* que era muito do gosto do prefeito, que tinha chegado pontualmente no seu automóvel branco e longo e ele mesmo, como se a máquina fosse uma prolongação dele, também estava vestido de branco, com terno, chapéu e botas brancos, umas botas de cano curto que, uma vez que ocupou sua cadeira e cruzou a perna, deixaram ver um par de meias três-quartos transparentes como meias de mulher. "Com licença, companheiros, com licença!", ia gritando um de seus guarda-costas para que a multidão que a essas horas enchia a fazenda deixasse sua excelência passar sem apertões. O prefeito parecia cheio, caminhava cerimoniosamente entre a multidão e agradecia de vez em quando com a mão o cumprimento de algum imaginado admirador, porque ali não havia admiradores dele mas entusiastas do Locos del Ritmo que tinham chegado dos povoados e dos bairros pobres das redondezas e inclusive de cidades longínquas como Jalapa ou Povoa. Ismael Aguado, um obscuro empresário que tinha um sítio ao lado de La Portuguesa, tinha visto a agitação desde cedo e no meio da tarde se aproximou da casa para se informar e se encontrou com Laia que a essa altura luzia um descomunal inchaço no lábio, um olho roxo e uma horrenda marca no pescoço. "Mas o que aconteceu com você, mulher?", perguntou Aguado lisonjeador, atirando-se para a minha mãe, como era seu costume, e agora que penso deve ter perguntado isso com a esperança de que o meu pai tivesse sido o autor das pancadas e assim ele, que estava sempre a postos, teria encontrado uma forma para se insinuar. "Caí no banheiro", mentiu minha mãe, e eu que estava ali ao lado dela tive vontade de dizer a Aguado que aquilo não era verdade, que não tinha como ferir-se tanto assim numa queda, que o tinha feito sua própria irmã, sua irmã Marianne que estava louca, mas Aguado me causava tamanha desconfiança que, apesar do ódio que sentia por minha tia, pensei que o decente era apoiar minha mãe e calar a boca. Aguado soube do show que se atrasava, e ao saber que Los Locos del Ritmo tocariam, ficou ele próprio como um louco, e pode ser que o ódio que toda a vida senti por aquela banda tenha começado ali, porque me parecia fundamental odiar tudo o que Aguado gostasse. Às 18h30 a fazenda estava um fervedouro, o prefeito tinha demorado uma eternidade a chegar à sua cadeira, que era uma espécie de trono branco colocado sobre um praticável diante do palco. Em uma das fotos que o senhor Puig tirou nesse dia aparece a cadeira branca, só e no alto cercada pela multidão, vendo-a tem-se a impressão de que se trata de uma montagem fotográfica dessas que se fazem com Photoshop. O prefeito tinha demorado para chegar à sua cadeira, embora seus guarda-costas não regulassem técnicas para abrir passagem, gritavam, empurravam, espetavam costelas com seus cassetetes ou removiam alguns jovens à base de pancadas, com um murro nas costas, um pontapé atrás do joelho ou um sopapo na orelha; os guarda-costas não mediam esforços e nem assim puderam sentar a tempo sua excelência, que é obvio queria presenciar desde o começo seu próprio show, mas a multidão era tamanha e tão espessa que sua excelência perdeu as primeiras canções do El Mico Capón e foi tão grande seu descontentamento, e tão patente, que o secretário Axayácatl Barbosa teve que subir ao palco entre um número e outro para pedir aos músicos que começassem desde o começo, e como estes se mostraram reticentes e começaram a alegar conceitos etéreos como sua dignidade artística, o secretário Axayácatl não teve mais remédio a não ser lhes advertir que se não repetissem o show desde o começo não ia pagar-lhes o que tinha prometido, e como resultou que a dignidade artística não era um conceito etéreo mas com muito peso específico para os músicos do El Mico Capón, o secretário Axayácatl lhes disse que se não repetissem imediatamente todo o show os colocaria na prisão e de quebra violaria a "menina", disse isto referindo-se à harpista, que era uma mulher pela qual o prefeito se esforçava e a única razão pela qual era fã do El Mico Capón. Postas assim as coisas, tiveram que pôr de lado sua dignidade artística e começar outra vez desde o começo. Isso me contou anos depois Eleuterio Assam, que era o líder do conjunto e além disso casado com Glória Fenellosa, a desejada harpista; encontrei-me com eles, já adulto, em um casamento em Galatea, um daqueles compromissos ineludíveis em que os convidados menos íntimos, os que não são nem da família nem muito amigos, são agrupados em mesas plurais onde ninguém conhece ninguém e aí foi onde, dando um pouco de conversa ao casal que estava ao meu lado, fiquei sabendo que eles eram os que tinham começado aquele desastroso concerto de La Portuguesa, e da horrível extorsão que lhes tinha feito o secretário Axayácatl Barbosa naquele dia. Contaram-me que Glória tocava harpa na Sinfônica de Jalapa e que Eleuterio tinha deixado a música para cuidar dos negócios de seu pai, uma decisão que nada tinha tido a ver com a grosseria do prefeito, esclareceu Eleuterio, provavelmente para evitar que eu arriscasse alguma conclusão. "De fato já tínhamos esquecido tudo aquilo", pontuou.

O senhor Puig era um aficionado da fotografia, tinha um quarto escuro montado em sua casa e graças a isso resta alguma coisa de memória visual daqueles tempos em La Portuguesa. Em sua coleção de fotos podem-se ver as refeições, o trabalho no cafezal, as casas e os escritórios da fazenda e eventos como aquele show, que registrou com especial meticulosidade porque ele e seus sócios já suspeitavam de que acabaria mal, havia muita gente e, fora os cinco policiais que o município tinha mandado, não havia quem pusesse ordem, e seria bom, pensaram eles, que houvesse um registro gráfico do que estava acontecendo; assim Puig passeava com sua câmera desde antes do show, era um sujeito muito alto de óculos que se destacava naquela multidão de jovens em geral baixinhos e de hippies indígenas que aproveitavam seus trajes de tear, seus braceletes, seus colares e suas sandálias, indumentárias que eles e seus ancestrais usavam havia milhares de anos, para inserir-se na moda juvenil cosmopolita, uma inserção que consistia em deixar tudo tal qual estava, mas agora afirmando o léxico e as atitudes do *peace&love* e ancorando sua nova vida em Atahualpa Yupanqui, ou na falta deste em Los Locos del Ritmo, que era o que havia ali. Tudo isso ia registrando Puig com sua câmera, parecia o repórter de algum jornal, sei porque enquanto executava seu trabalho alguém, provavelmente Arcadi, tirou uma estranha foto dele, em que aparece tirando, por sua vez, uma foto, cercado por todos os lados pelo pessoal que já descrevi.

Há alguns anos, quando Laia soube que eu trabalhava num texto sobre La Portuguesa, disse que Màrius, filho dele, conservara o arquivo, e que sabia porque tinha recebido várias fotografias de diversas épocas da fazenda que o próprio Màrius tinha lhe enviado de Barcelona. Laia manteve algum contato com os Puig, primeiro com a viúva e depois com Màrius, um contato que a princípio tinha sido muito intenso, com muita troca de documentos e ligações devido aos trâmites que a venda das terras exigia, mas quando o problema legal foi solucionado, o contato foi se reduzindo a uma carta de vez em quando, às vezes a cada dois anos, e raramente a algum envio nostálgico como as fotografias, ou os dois quilos de café veracruzano que Laia lhe mandava esporadicamente por alguém que viajava para Barcelona. "É uma pena que se comuniquem tão pouco tendo vivido os dois o mesmo exílio", disse daquela vez a Laia e ela me respondeu, com aquele gesto que faz quando não quer falar de um assunto e o que vai dizer será o ponto final e definitivo: "Aquilo não foi por nosso gosto, além disso não vejo por que Màrius e eu tenhamos que ter mais contato." Màrius nasceu depois de Marianne, é dez anos mais jovem que minha mãe, mas diferentemente dela, que tentou levar uma vida normal, o mais parecida possível com a de Belinda e Dagoberto, ele viveu na fazenda contra a corrente, era rico, branco, estrangeiro e homossexual, e essa combinação era uma bomba em Galatea e seus arredores, uma bomba que tirava Puig, seu pai, do sério, e Bages e Arcadi, que continuamente tinham que ir resgatar Màrius do cárcere ou de algum tugúrio ou rincão patibulário, como aquele que tinha alugado no mercado de Galatea, um quartinho em cima das bancas de peixe, que tinha arrumado como um antro para poder receber seus namorados que eram proibidos de entrar em La Portuguesa. Puig ficava fora de si cada vez que sabia das aventuras do filho, assim Màrius preferia recorrer a Arcadi ou a Bages quando as coisas se complicavam. Mas um dia as coisas saíram do controle, Aurorita, a proprietária da banca de peixe que ficava justamente abaixo do antro, ligou para Arcadi no escritório para avisar que Màrius estava ferido. Eram sete da manhã e Arcadi fora o primeiro a chegar, por isso atendera a ligação de socorro que, se tivesse sido feita uma hora mais tarde, teria cabido ao próprio Puig. Arcadi passou pela casa de Bages para lhe contar o que tinha acontecido e depois subiu no carro e dirigiu até o mercado de Galatea. Combinou com seu sócio que primeiro averiguaria a gravidade do ferimento e depois avisariam Puig, porque Aurorita já tinha feito, tempos atrás, algumas ligações similares que haviam disparado a ira de Puig e ao final resultara que Màrius nem estava tão mal e que Aurorita era um pouco histérica. Arcadi chegou ao mercado de Galatea e subiu diretamente ao apartamento de Màrius. Chamar aquilo de apartamento é uma inexatidão porque se tratava de um velho depósito que, embora Màrius tivesse arrumado, conservava ainda suas linhas gerais como, por exemplo, as grades nas janelas e a forma de entrar, mediante uma escada de madeira cravada na rua entre duas bancas de frutas, embora já nessa época Màrius, por segurança mas também por frescura, tivesse substituído a escada de madeira por uma escada de mão que lhe tinha deixado o capitão de um navio norueguês, que o visitava toda vez que atracava no porto de Veracruz. Quando Arcadi chegou se encontrou com o imprevisto de que a escada estava recolhida e não havia forma de subir ao sótão. Todo o mercado estava a par da confusão que tinha armado "o espanhol", assim conheciam Màrius, e havia certa expectativa para ver o que Arcadi ia fazer, uma espera divertida e brincalhona, cheia de risinhos cúmplices porque todos sabiam que o espanhol era veado e que usava o depósito para cabriolar com os rapazinhos do mercado, e além disso tinham visto em uma ocasião o escândalo que Puig tinha feito ao descobrir a "pocilga" onde seu herdeiro se "divertia", assim tinha dito como se o sexo fosse apenas mais uma brincadeira e não uma necessidade inadiável e urgente. "Màrius, sóc l'Arcadi, tira 'm l'escala!", gritou, e no ato apareceu um jovem moreno que atirou a escada. Arcadi subiu observado atentamente pelas pessoas do mercado, eram 7h30 e havia uma névoa tropical que descia até a altura do sótão, assim Arcadi não tinha podido ver bem de baixo o jovem, mas assim que chegou lá em cima e conseguiu se endireitar naquele espaço angustiante, viu que Màrius estava encolhido num canto coberto por uma manta e que o jovem moreno que o acompanhava estava tiritando pela umidade e de nervoso e que tinha, e isto o escandalizou, uma mancha de carmim na boca e a pintura dos olhos escorrendo de tanto chorar. Arcadi olhou para ele espantado porque um rapaz com maquiagem de mulher, "de bailarina de cancã", diria mais tarde, era uma raridade a essas horas e nesse mercado horrível e nesse purulento trópico. O jovem ficou por sua vez olhando para ele, e antes que Arcadi pudesse se apresentar ou dizer qualquer coisa, começou a soluçar e lhe disse que tinha matado o espanhol por ciúmes. Arcadi olhou novamente para o vulto coberto com a manta e viu que não se mexia e sentiu que "a alma lhe saía pelos pés", assim diria mais tarde, com aquela expressão tão precisa e plástica, tão dramática, que a gente costuma dizer como se fosse uma expressão qualquer e não a imagem misteriosa, profundamente mística de um homem que, diante de um espanto maior, sente como a alma despenca corpo abaixo e o deixa vazio, vulnerável, preparado para morrer desse espanto. Arcadi se agachou junto ao vulto e retirou a manta e a primeira coisa que viu foi que Màrius estava jogado sobre um atoleiro de sangue, com as mãos sobre o estômago protegendo o cabo de uma adaga. *"No em toquis el ganivet, si us plau"*, disse Màrius com um fio de voz. Arcadi apareceu na porta do sótão, como um ser fantasmagórico apagado pela névoa, e suplicou ajuda às pessoas que continuavam ali assistindo. O silêncio que veio depois de sua súplica, porque o espanhol não era nem muito bem visto nem muito querido, foi desativado por um oportuno grito de Aurorita: "Tem que ajudar o veadinho, vamos lá!", e esse grito mobilizou três vendedores que improvisaram uma maca com umas tábuas e entre os três, sem que Arcadi tivesse oportunidade de intervir em nada, baixaram o corpo enfermo de Màrius e o colocaram no assento traseiro do automóvel. Arcadi repartiu dinheiro e agradecimentos e voou para a cabana da xamana que arrumaria tudo à base de emplastro, beberagens, orações excêntricas e murmúrios extremamente misteriosos. Depois daquela experiência e uma vez recuperado, Màrius, que então tinha quase 30 anos, acertou com seu pai que iria viver em Barcelona e Puig, para ajudá-lo mas também para ir preparando sua própria volta, comprou-lhe um apartamento e um local para que fosse montando um negócio, e Màrius fez isso tão bem que quando os Puig retornaram à sua terra puderam viver confortavelmente até o final de seus dias. Màrius continua à frente desse bem-sucedido negócio que é um restaurante chamado La Vasta China, um nome ingrato porque em suas mesas se servem porções magras e o local é de dimensões claustrofóbicas, no entanto, apesar de seu nome disparatado, leva mais de duas décadas funcionando a toda no bairro de Sant Gervasi. Enfim, seguindo o conselho da Laia, apresentei-me um dia no restaurante, que aliás fica muito perto de minha casa, e ali entrei em contato com Màrius, que agora é um homem velho e muito refinado, um homem sério, que durante o dia dirige seu negócio e pelas noites sai para procurar amores furtivos nas saunas de Barcelona. Graças ao nosso passado comum, embora com certa diferença de tempo, porque ele era um adulto e eu uma criança quando vivíamos na fazenda, estabelecemos rapidamente a amizade, como se fôssemos da mesma família, "aquela selva nos tornou parentes", disse no dia em que nos encontramos, e a partir de então nos vemos com frequência e, curiosamente, voltamos a ser vizinhos. A primeira vez que me convidou para ir à sua casa de campo em Guixers era domingo e eu tive a ideia de levar minha mulher e meus filhos, tinha perguntado antes a Màrius e ele se mostrou encantado com a ideia, mas enquanto estivemos ali na sua casa ficou claro que não era muito chegado a crianças, e que era também algo misógino, e a partir de então nos encontramos sozinhos, almoçamos periodicamente num restaurante do bairro (jamais no dele) mas, sobretudo, na sua casa de Guixers, provavelmente porque crescemos os dois no campo e ali nos sentimos mais à vontade conversando, por exemplo, numa quinta-feira pela manhã ao ar livre, depois preparamos algo para comer e antes de retornar a Barcelona faço uma sesta fantástica na poltrona que ele tem perto da chaminé, uma dessas sestas que comecei a contar a Bages mas que ele, quando soube que o assunto tinha a ver com Màrius, cortara-o pela raiz. Foi naquela casa que olhei com atenção as fotografias do Puig, que tinha visto distraidamente quando criança, sem muito interesse porque La Portuguesa ainda estava ali, completa e real, e eu não tinha então nenhuma necessidade de reconstruí-la. A ideia de Laia não apenas me conduziu à memória gráfica da fazenda, também me permitiu ficar amigo de Màrius, que é, por assim dizer, o guardião de minha memória, e agora que o tenho e o frequento, não posso entender como não o procurei antes, como não procurei há anos nossa aproximação, porque há coisas que só posso compartilhar com ele, coisas simples, um cheiro, um som, uma temperatura e certo grau de umidade, a canção noturna de uma coruja, o passo de uma fera atrás do matagal, o cheiro de esterco e de palha e de fruta podre, a linha urgida de uma víbora, a névoa e as urticárias, um charuto na hora dos mosquitos e o *menjul* que nós dois sabemos preparar como aperitivo, tudo dito e experimentado em catalão de ultramar, essa língua misturada com palavras castelhanas mas também nahuatls e otomíes, e também com *jarochismos* do espanhol que se fala em Veracruz, essa língua entrelaçada com rebotes: *pazumáquina, pazumango* e *pazuputamadre*, coisas que não posso compartilhar com ninguém que não tenha nascido naquela selva. Ali na casa de Guixers vi, e olho ainda cada vez que vou, a coleção de Puig, ali está a foto do trono do prefeito no dia do show e, junto a esta, outra em que se pode ver sua excelência comodamente sentado, no momento em que solta uma gargalhada bem no início do show, provavelmente quando o secretário Axayácatl acabava de obter que El Mico Capón começasse outra vez seu show; vê-se que é bem no início porque o prefeito foi se embebedando conforme avançava o show, de forma taxativa e muito patente, e nesta fotografia ainda aparece fresco, de banho recém-tomado e vestido de branco, recém-calçados os pés em suas meias três-quartos de mulher, que se veem perfeitamente porque, na hora de soltar a gargalhada, solta também as pernas que automaticamente sobem, e isto permite que se vejam suas sinistras meias três-quartos. Puig ia fotografando tudo e enquanto ele recolhia imagens Joan e eu espiávamos o show do telhado da casa, víamos a horda de hippies latino-americanos cabeceando e movendo os quadris com as canções étnicas do grupo Los Garañones de Acultzingo, um quinteto de minotauros com o peito ao léu que tocava tanto uma canção andina quanto um *son jarocho*, com uma mistura inverossímil de instrumentos acústicos e elétricos que produziam uma massa sonora dificilmente decifrável.

13

Da plêiade de personagens que o autógrafo de Johan Cruyff levou a La Portuguesa, os negros de Ñanga foram os mais entusiastas. Tinham chegado como todos para ver e se deixar seduzir, e também como todos vinham prevenidos e dispostos a acrescentar aquele objeto à récua de símbolos que contavam com sua devoção, nem se interessavam por sua origem nem por sua natureza, que certamente os teria desconcertado, vinham pelo poder de atração que o objeto tinha. Ninguém se importava que fosse a assinatura de um jogador de futebol holandês; além disso, é provável que muitos dos peregrinos nem sequer entendessem o que "jogador de futebol holandês" significava, o relevante era o poder que esse objeto tinha em si mesmo, o poder de fazer as pessoas descerem de Naolinco, Zentla ou Yahualica, uma coisa estranha mas habitual nessa terra onde os símbolos eram fundamentais, onde a magia e a religião se entrecruzavam e os deuses indígenas se disfarçavam de deuses católicos, e aquela eclosão entre o ocidental e o indígena dava lugar a uma esfera religiosa onde cabia tudo, laços vermelhos, olhos de veado, bonecos, roupa "trabalhada", santos de gesso, bruxos, animais totêmicos, figurinhas de barro, imagens da Virgem, e nessa galáxia de objetos com poder entrava perfeitamente o quadro púrpura onde estavam expostos o autógrafo e a fotografia imprecisa de Johan Cruyff.

Há alguns anos, em uma conversa por telefone com o meu irmão Joan, ele em sua casa no México e eu na minha em Barcelona, pusemo-nos a enumerar de memória as imagens que a xamana tinha no altar que presidia sua cabana, eu ia anotando o que lembrávamos e o resultado foi uma lista que ilustra à perfeição aquela esfera religiosa: um jaguar maia e um deus asteca da fertilidade de barro, um dente de tubarão, uma vela acesa dentro de um copo vermelho com a efígie da Virgem de Guadalupe pintada, outra com a efígie de Cristo Rei, uma placa do PRI, um Menino Jesus de barro com fralda e pele excessivamente rosada, um pé de porco dissecado, um cálice de igreja (não sei se roubado, doado ou aparecido) no qual fazia algumas beberagens, uma réstia de alho, uma concha do mar usada às vezes em algum tratamento, três olhos (não sei de que feras) que formavam um triângulo equilátero, um Batman de plástico que por insistência dela (uma insistência parca e pétrea e no entanto inescapável) tínhamos doado, uma estátua de gesso de São Martín de Porres e outra da Virgem de Montserrat (doação de Isolda, mulher de Puig), um pote azul de creme Nivea com uma planta mágica chamada cabelo-de-bruxa, um Cristo crucificado, uma fotografia emoldurada de Carlota e outra dela própria abraçando o padre Lupe, um pôster da deusa Chalchiuhtlicue, outro de Quetzalcoatl e a tudo isto, esporadicamente e durante uma temporada, foi somar-se o autógrafo de Cruyff que ela solicitou para efetuar algumas curas. Nesta recente incursão que fiz à sua cabana, comprovei que a lista que Joan e eu tínhamos feito por telefone era bastante precisa, tínhamos acertado tudo exceto um macaco empalhado e um pratinho com uma imagem bucólica cheia de verdes e azuis dizendo "Catalunya" (doação de Fontanet).

Volto aos peregrinos que visitavam o autógrafo de Cruyff quando estava exposto na varanda, àquele grupo de negros de Ñanga que, diferentemente dos outros nativos que apenas olhavam ou se prostravam, ficavam tocando tambores e dançando, voltavam uma e outra vez, um dia atrás do outro, diferentemente dos demais que iam uma só vez e ficavam, digamos, satisfeitos. "Estes negros não serão perigosos?", perguntava Teodora preocupada e em seguida acrescentava que não eram cristãos e que dançar assim diante de uma imagem era uma falta de respeito; "mas a imagem é a assinatura de um jogador de futebol", dizia Laia para tranquilizá-la, mas Teodora vivia imersa naquela esfera onde cabia tudo, até o Batman de plástico. A dança que os negros executavam dia sim e outro também era uma mixórdia que conservava algum ar de dança africana, dois ou três requebros ou gestos e alguns gritos e nada mais, porque fazia séculos que seus antepassados tinham chegado ao México e seus laços com a África se reduziam à aparência, e à "pureza do seu sangue", diziam eles para rebater a suspeita que despertava tanta paixão africana, e também para dissimular o fato de que naquela selva ninguém nunca quisera fazer amizade com um negro e eles tiveram que se relacionar uns com os outros e décadas mais tarde, com tanta endogamia, já não se podia distinguir quem era quem. Na parede da choça do patriarca, que efetivamente parecia uma moradia africana com seus escudos e suas lanças cravadas ao lado da porta, pendia uma sucessão de retratos a lápis, e de fotografias no caso dos mais recentes, dos patriarcas daquela tribo, a tribo de Ñanga como se faziam chamar em memória do filho de um príncipe negro que tinha chegado como escravo a Veracruz nos porões de um navio negreiro. A dezena de patriarcas que pendia daquela parede ilustrava perfeitamente os estragos genéticos que assolavam sua exígua população: os dez eram idênticos, tinham nariz de gancho, um pomo de adão descomunal e a tendência do olho esquerdo a olhar para cima por sua conta, às vezes ultrapassando os limites da pálpebra e deixando o olho completamente branco. O patriarca nos tempos de Cruyff, que obviamente reunia todas as características do seu povo, chamava-se Chabelo, um nome não muito africano, o que por outro lado não era estranho, pois os patriarcas anteriores que tinham tido contato com a plantação tinham sido Benito e Carlomagno. Este último se aproximou de La Portuguesa desde sua fundação, com a ideia de estabelecer algum tipo de aliança com os espanhóis; aquela associação a princípio parecia estrambótica, como o nome de seu promotor, mas com o tempo começou a adquirir uma sólida lógica, porque naquele universo indígena estas duas tribos, a dos negros e a dos espanhóis, eram consideradas pelos índios como tribos inimigas, assim que o líder Carlomagno, que então era um velho encurvado de nariz de gancho, cabelos e olho brancos, que usava sua lança como bengala e uma canga estampada com motivos africanos, aproximou-se da plantação para oferecer sua aliança estratégica e também a mão de obra de seu povo. A linhagem daqueles negros remontava à África de meados do século XVI, e estava centrada na figura de Yanga, príncipe dos dincas, filho do rei dos boras do Alto Nilo, a sudeste de Gondoco. Num mau dia daquele século convulso, tinha aparecido um pelotão de soldados espanhóis que irrompeu, sem nenhum protocolo, no meio de uma cerimônia, com uma grosseria que incluía pisotear as oferendas que o povo tinha colocado para seus deuses, e também chutar cabras, galinhas e crianças indistintamente. Em um minuto a aldeia tinha sido invadida e pisoteada e no minuto seguinte os soldados, distribuindo pontapés e gritos, tinham pego os pobres negros e amarrado pelo pescoço um atrás do outro em uma fila lastimosa. O objetivo daquela invasão ao sudoeste de Gondoco era sequestrar mão de obra e colocá-la à força nos porões de um navio rumo a Veracruz para que lá, naquelas terras longínquas da Nova Espanha, os negros dessem uma mão, ou, melhor dizendo, se encarregassem completamente, nos trabalhos do campo, mais concretamente das plantações de cana-de-açúcar, que constituíam um dos motores econômicos da recém-consolidada expansão do império espanhol. Parece que o negro Yanga foi surpreendido em sua cabana enquanto se arrumava para a cerimônia dos deuses da fertilidade, que um soldado de capacete e botas até as coxas entrou e o agarrou pelo pescoço diante dos olhos da atônita princesa, que estava concentrada no trabalho de pintar o distintivo dos dincas nas bochechas do marido. Amarraram Yanga como a todos na fila dos escravos e depois que os enviados do império atearam fogo à aldeia, subiram-no ao navio diante do duplo desconcerto de seus súditos: o que lhes produzia aquele sequestro selvagem e o de ver como o príncipe, que era a ponte entre os deuses e seu povo, era vexado e humilhado por aquela tribo de homens brancos e barbados. A viagem no navio negreiro foi um pesadelo, os soldados, calculando que no trajeto seu butim de escravos sofreria uma diminuição, abarrotaram o porão; onde cabiam duzentos tinham metido 450, em um espaço escuro, úmido e salitroso que ficava abaixo da linha de flutuação do navio, e onde escasseavam a comida e a água e certamente os beliches e as privadas, e nessas ignominiosas condições, naquele buraco infernal onde os negros iam ombro a ombro e peito com costas e não tinham espaço nem para sentar-se, nem para agachar-se um pouco na hora de defecar, fez sua viagem Yanga, o outrora príncipe dos boras do Alto Nilo, que viu com desespero como muitos dos seus súditos, menos dotados que ele, morriam de pé, apoiados nos corpos dos seus patrícios. De vez em quando os soldados abriam a escotilha do porão e, como era costume nos navios negreiros, tiravam os mortos e os jogavam no mar, aplicavam esse método conhecido simples e sinceramente como "purga", uma palavra estranha e em desuso, obviamente derivada de "purgação", que aparece nas "atas reais dos navios negreiros", que até hoje se encontram em um porão do forte de San Juan de Ulúa no porto de Veracruz. Graças a essas atas agora se pode saber que no navio do príncipe Yanga, que tinha o nome de *Nossa*

Senhora de Covadonga III, chegaram 105 negros dos 450 que tinham embarcado depois da incursão militar no Alto Nilo. Antes de colocá-los numas carretas que os levariam ao seu destino, os negros tiveram sua primeira refeição ao ar livre depois de dois meses e meio de fechamento, ali mesmo nos moles do porto lhes serviram, conforme consta na ata, em cima de uma improvisada mesa formada com caixas de madeira, "uma cabeça de bagre, uma batata e um copo de água de abacaxi". Na ata também diz que um dos negros, "o mais distinto", tinha pintado na bochecha "um símbolo pré-histórico", referindo-se, ao que parece, ao distintivo dinca que sua mulher tinha pintado em Yanga. Depois da frugal refeição e antes de voltar a amontoá-los nas carretas que normalmente transportavam aves de granja, um enviado do vice-rei leu um decreto em que se especificava que a partir desse momento todos os boras do Alto Nilo passavam a ser escravos da Coroa espanhola. O decreto foi lido em castelhano e nenhum dos destinatários, que só falavam dinco, entendeu nem uma palavra. A ata, que está assinada com um garrancho ilegível e datada do ano de 1552, tem um título tão simples que beira o brutal: "Expedição negreira XX-XII-IV." Presumivelmente, depois da leitura do decreto, as carretas distribuíram os escravos pelos canaviais de Veracruz e ali, em grupos de dez ou 15, trabalharam os pobres negros durante décadas, sem salário e até a exaustão. Mas acontece que Yanga não só era "o mais distinto", como bem rezava a ata, também tinha um espírito incompatível com sua condição de escravo e desde seu primeiro dia de trabalho nos canaviais de Metlác começou a semear as sementes de uma rebelião que explodiu 18 anos mais tarde, em 1570. Tudo começou com uma vingativa matança dos espanhóis que eram donos de plantações de cana, muito bem planejada e com o fim de que o vice-rei ficasse sabendo do descontentamento geral que fervia na tribo bora do Alto Nilo, e também em outras que imediatamente se somaram à rebelião e que assinavam as pregações libertárias do príncipe Yanga, que tinha trocado seu dinco natal pelo castelhano e se rebatizara como Gaspar Yanga. Assim foi como o herdeiro da nação dos dincas, a sudeste de Gondoco, transformou-se em comandante guerrilheiro e reuniu um potente exército de rebeldes, que somava mais de quinhentos negros com sede de vingança e um físico hercúleo que tinham adquirido em dezoito anos de jornadas bestiais e exaustivas. "Os negros que não morriam extenuados pelo trabalho desumano do canavial transformavam-se em homens extremamente fortes, verdadeiros centauros agrícolas", aponta o historiador Cosme Villagrán em seu livro *Negros e chineses de Veracruz*, no qual analisa minuciosamente a importância que essas raças tiveram no desenvolvimento da região. No capítulo dedicado à rebelião, Villagrán duvida do número do exército do Gaspar Yanga: "Mesmo que fossem quinhentos os homens do exército de rebeldes, não cometo uma imprudência ao assegurar, apoiado nos censos populacionais de frei Toribio de Valverde, que havia muitos, provavelmente a metade, que seguiam Yanga por seus ideais libertários, embora não fossem exatamente negros." De qualquer forma, Gaspar Yanga deu o golpe em 1570 e, depois de assaltar junto com seus sequazes as casas mais ricas da região, refugiou-se nas encostas do Citlaltépetl, e com o tempo se escondeu na serra de Zongolica e nos arredores do Cofre de Perote. A rebelião dos negros, que era, como apontei acima, tecnicamente uma guerrilha, durante os 39 anos seguintes, até 1609, tornou a vida impossível para o vice-reinado; durante todo esse tempo, refugiados na clandestinidade que lhes oferecia a selva, atacaram permanentemente as forças da ordem e o fizeram com todo tipo de armas e estratégias, "destruíam um quartel com balas de canhão, envenenavam um regimento com beberagens ou o dizimavam a golpes de vodu", aponta o historiador Villagrán. Para manter a revolta de pé, uma coisa muito difícil que implicava muita criatividade ideológica e o teto e o rancho de quinhentos elementos durante mais de três décadas, os negros de Yanga (como eram conhecidos popularmente) assaltavam as diligências que percorriam o caminho do México a Veracruz, e de Veracruz a Jalapa, e o faziam seguindo o protocolo clássico dos salteadores de estrada, que apareciam de repente numa curva, empunhando suas armas e com a boca e o nariz cobertos por um lenço, um detalhe até certo ponto hilariante naqueles negros que andavam sempre de tanga. Pouco tempo depois de iniciada a revolta, o príncipe Yanga, certo de que nunca mais retornaria aos seus domínios, nem voltaria a reencontrar-se com sua princesa, casou-se com uma mulher, plebeia e 25 anos mais jovem que ele, mas que também tinha sido sequestrada, em uma redada posterior, no Alto Nilo, a sudeste de Gondoco. O primeiro filho de Yanga nasceu em 1571, recebeu o nome de Ñanga e a responsabilidade de ser o príncipe herdeiro da nação dinca no exílio. Ñanga cresceu no centro da revolta e aos 12 anos se integrou ao exército, começou a desmantelar quartéis, e a liquidar soldados do vice-rei e a assaltar diligências com uma competência e uma mestria que o levaram a tomar o mando quando o príncipe, que já por simples temporalidade era rei, começou a sentir-se fatigado de tanta luta. Em 1609 o vice-rei, arrasado pelas pressões dos latifundiários veracruzanos, viu-se obrigado a pactuar com Yanga e Ñanga, e com todos os membros de seu exército, convidou-os a abandonar a clandestinidade, prometeu não exercer nenhuma ação legal contra eles e esquecer os trinta e tantos anos de tropelias que tinham deixado sensivelmente afetada a governabilidade nesse território. Durante os anos seguintes, a luta armada dos negros se transformou em uma efetiva batalha política, que foi conseguindo vitórias insólitas para a época, como a abolição da escravidão nessa região de Veracruz e com o tempo, no ano de 1624, quando Yanga já era um rei vetusto, a fundação de uma comunidade autônoma, administrada por eles mesmos, que foi batizada como San Lorenzo de los Negros, embora um tempo depois, por motivos que obedeciam menos à correção do que à ambição política, tenha mudado seu nome para San Lorenzo de Cerralvo, por insistência do vice-rei dom Rodrigo Pacheco y Osorio, que era marquês daquela localidade. Trezentos anos depois, em 1932, o povoado de San Lorenzo, cuja população continuava sendo majoritariamente negra, obteve o nome de Yanga, que lhe correspondia desde o começo.

O príncipe Yanga teve uma vida muito longa, "passou dos cem", diz Cosme Villagrán, sobreviveu à mulher que era muito mais jovem que ele e se casou outras duas vezes. Nos últimos anos de sua vida colheu os frutos de sua enorme luta, viveu como um velho sábio mimado por seu povo e entregue à vida doméstica, com uma energia que deixou um saldo de 11 filhos, divididos entre suas segunda e terceira mulheres, que se somaram aos quatorze que teve com a primeira, nos tempos desgraçados, e ociosos, da clandestinidade. Já a história de Ñanga, nos anos de San Lorenzo, foi um rosário de descalabros que acabaram diluindo suas façanhas lendárias dos tempos da guerrilha; a desgraça de ser um rei sem reino, um homem da realeza bora que por um golpe do destino tinha acabado como escravo em Veracruz, a anos-luz do sudeste de Gondoco, foi pouco a pouco transtornando-o; e tampouco ajudou a lassidão social e política que começou a corromper os habitantes de San Lorenzo, homens acostumados a lutar e a estar em pé de guerra, que não encontravam como encaixar seu ímpeto belicoso nas tarefas rotineiras que a prefeitura impunha. Ñanga estava chamado a ser rei e seu papel de prefeito, mesmo sendo a culminação da luta de seu pai e da sua, pareceu-lhe pouca coisa, e para paliar sua frustração se pôs a reproduzir, primeiro de maneira inconsciente e mais tarde com a consciência exacerbada que lhe proporcionava a aguardente, os protocolos que seguiam os bora do Alto Nilo a sudeste do Gondoco. Existe a fotografia de um retrato de Ñanga pintado por um tal Junípero, cujo paradeiro se desconhece, que faz parte do acompanhamento que o vice-reinado fazia dos grupos de escravos que chegavam a Veracruz; essa fotografia, que se encontra até hoje na seção de anexos das "atas reais dos navios negreiros", intitula-se "O prefeito de San Lorenzo", e nela aparece, de corpo inteiro e plenamente paramentado, o próprio rei Ñanga, rodeado por suas quatro primeiras-damas que o olham com adoração, porque estão ajoelhadas no chão, não se sabe se por sugestão de Junípero, ou se o artista apenas copiou a realidade; em todo caso, o quadro nos oferece uma generosa aproximação à "patologia real", segundo a terminologia do historiador Villagrán, de que "padecia" o prefeito, e também, e esse detalhe foi o que mais me interessou quando vi a foto do retrato, que se tratava de um negro espigado e atlético, como se supõe que era seu pai, com um nariz chato e largo que nada tinha a ver com o nariz de gancho, nem certamente com o olho em branco, dos negros que visitavam La Portuguesa. Ñanga comparece ante o pintor Junípero com muito orgulho, com os braços cruzados e um pé à frente que nos permite apreciar as sofisticadas sandálias que usava; daquela extremidade enviada à frente, como sinal de seu caráter empreendedor, de seu passo firme, levanta-se uma túnica esverdeada, que por seus brilhos e dobras bem poderia ser de seda, que o cobre até as clavículas, até o que dá para ver porque o prefeito, que na realidade era rei, tem em volta do pescoço uma pele de raposa, ou "de vil coiote", se nos atemos à interpretação da pintura que o historiador Villagrán oferece no volume mencionado anteriormente. A cabeça de Ñanga está coberta com um arranjo de flores e plumas que lembra os penachos que os governantes pré-hispânicos usavam, e do pescoço, entre a pele de raposa ou "de vil coiote", pende uma caveira, um crânio que por suas dimensões deve ter pertencido a um homem pequeno ou a uma criança, e que sem dúvida lhe servia para mesclar os elementos de suas beberagens, embora o historiador Villagrán aponte, com aquela inexplicável má vontade que se agudiza à medida que entra na biografia, que em seus últimos dias "o prefeito de San Lorenzo utilizava sua caveira para mesclar aguardente com erva santa e em seguida, *in situ*, a bebia". As mulheres que adoram Ñanga ajoelhadas estão vestidas com túnicas, também de aspecto sedoso, e têm arranjos de plumas, bem mais modestos que o do seu rei; cada uma delas segura uma cesta com alguma coisa, fruta, uma massa que parece de pão, um buquê de flores e uma águia viva, outra metáfora do caráter empreendedor do monarca, da sagacidade, da força e do bom olho com que tinha conduzido os boras do Alto Nilo da ignominiosa escravidão até a aprazível autonomia em que todos se aborreciam como lesmas. Aquela pintura de Ñanga, cuja fotografia se encontra até hoje, como disse, em um dos porões do forte de San Juan de Ulúa no porto de Veracruz, é a representação gráfica da "patologia real" que efetivamente carcomia o rei que também era prefeito, sua vestimenta extravagante e seus alardes poligâmicos correspondiam ao seu governo, caprichoso e anárquico, que o vice-reinado tolerava desde que os negros permanecessem confinados em seu território autônomo, e pouco importava ao vice-rei que o prefeito gastasse o dinheiro que se destinava à prefeitura de San Lorenzo em enxovais e faustos. A história de Ñanga é parecida com a de muitos governantes de povoados recônditos que acabam enlouquecendo envenenados por seu poder ilimitado, é parecida, para não ir mais longe, com a de Froilán Changó, aquele nefasto prefeito de Galatea; mas diferentemente destas, a história do negro tem um reino perdido que a matiza e a distingue das outras. Ñanga efetivamente ficou louco de poder, mas também é verdade que aquela perda era elemento suficiente para enlouquecê-lo, e é aqui justamente, na questão da perda, que os negros de Ñanga e os espanhóis de La Portuguesa tinham algo em comum: as duas tribos arrastavam um reino perdido, quando o que cabia, a única solução possível, era de verdade perdê-lo. Fui reconstruindo a história de Yanga e Ñanga e dos boras do Alto Nilo, a sudoeste de Gundoco, fui reconstruindo-a a partir de certos textos, entre os quais se encontram o livro do Cosme Villagrán e as "atas reais dos navios negreiros", e também aproveitei o que Laureano Ñanga, secretário de Obras Públicas da prefeitura de Galatea e herdeiro direto desta história, foi me contando, e procurei ignorar a conveniente distorção que Laureano deu à biografia de Ñanga, uma distorção que acrescenta à vida excêntrica do prefeito de San Lorenzo uma orientação homossexual e uma série de anedotas em que aparece muito mais libertino, muito mais enlouquecido do que, supõe-se, era. Mas estávamos no dia em que Carlomagno apareceu pela primeira vez em La Portuguesa; aquele momento ficou plasmado em uma fotografia que é parte da coleção de Màrius, e que estão na série *A Sight of the Mexican Jungle* da Fundação Barbara Forbes, em que aparece Arcadi ao lado de Carlomagno no dia em que se conheceram. A selva espessa que aparece atrás, e a roupa do meu avô, que não sei por que precisamente nesse dia estava vestido como para um safári, fazem pensar que a foto foi feita na África, inclusive a fundação a recusou a princípio porque aquilo estava mais para *the african jungle*, mas o empresário Aguado, nosso inefável vizinho, tinha pugnado com tal energia e devotado uma justificação tão esmerada que o curador da Forbes acabou incluindo-a. Não se sabe muito bem por que o empresário Aguado escolheu essa fotografia e não qualquer uma das outras, que são para meu gosto muito melhores, em que se pode ver a gestação de La Portuguesa, quando ainda não haviam construído as casas nem aquilo era uma comunidade mas sim uma fazenda em potencial, quando espanhóis, negros e indígenas trabalhavam lado a lado fazendo os sulcos onde mais tarde plantariam o café. Desde aquele dia histórico em que o patriarca Carlomagno tinha aparecido na fazenda, estabeleceu-se uma firme aliança entre La Portuguesa e os negros de Ñanga, uma relação que nunca tinha contado com o beneplácito nem dos trabalhadores nem das criadas, que não tinham boa vontade nem para pronunciar direito seus nomes, Carlomagno era "Carlomango", e seu sucessor Benito era simples e sinceramente "Negrito", e toda vez que podiam, criadas ou trabalhadores, aprontavam com os pobres negros. Benito, o sucessor, tinha tido um patriarcado efêmero porque, quando Carlomagno passou desta para melhor, ele tinha sua mesma idade e o mesmo nariz de gancho e o olho branco idêntico, e obviamente não resistiu nem três anos e logo deu lugar ao seguinte patriarca na linha, Chabelo, também de idêntica cara mas vinte anos mais jovem que seus antecessores. Diz Màrius que o funeral de Negro foi muito comovedor, coube a ele fazer parte da delegação representativa de La Portuguesa que foi a Ñanga mostrar sua solidariedade com o patriarca morto. Laia também esteve ali acompanhando Arcadi, mas tudo o que viu, conforme me contou, foram as mesmas danças que víamos sempre na plantação, "não sei se Màrius é mais sensível que eu e por isso se comoveu tanto", disse-me Laia outro dia por telefone num tom de desdém. Segundo Màrius, aquela memorável cerimônia "desvelou" sua devoção pela África, coisa que por outro lado é verdade porque todo ano inventa uma viagem ao continente negro, apesar dos protestos de Ming, seu companheiro, que é alguns anos mais velho que ele e que a cada viagem suporta menos os aviões e o turismo arriscado. De modo que as visitas que os negros faziam ao autógrafo de Johan Cruyff e as vistosas danças que executavam frente a este tinham um forte componente de solidariedade a Arcadi e seus sócios; por outro lado, e como compensação, os negros experimentavam o desprezo que lhes dispensavam os trabalhadores e as criadas, que sem perder tempo tinham rebatizado Chabelo como "Chabuelo",* por seus cabelos brancos e suas maneiras de patriarca velho. O cerimonial africano que os negros realizavam era extremamente mestiço, as danças, além de não serem precisamente canônicas, incluíam uma espécie de sapateado veracruzano (é modo de dizer, porque dançavam descalços), e aos atabaques, tambores e bongôs com que faziam sua música, tinham acrescentado um violino, "coisas destes tempos", desculpava-se Chabelo quando alguém questionava a pureza do cerimonial. Anos antes, durante o patriarcado de Carlomagno, quando a relação com a tribo de Ñanga tinha pouco tempo e não as três

---

Abuelo, em espanhol, significa avô. (*N. da E.*)

décadas e tanto que completava em 1974, os republicanos, em uma tarde de *menjules* no terraço que se prolongou com uísques até a noite, sentiram-se na obrigação social de integrar Carlomagno e seu filho Tebaldo à reunião; os dois negros, com suas caras idênticas, tinham aparecido de surpresa com uma cesta de frutas como presente e se plantaram, como o faziam sempre, sem dizer nada e com extrema solenidade, diante dos patrões que aproveitavam a fresca enquanto avivavam as brasas da nostalgia, à força de lembranças acessíveis, sonhos sobre a terceira república e uma consistente bateria de tragos. Carlomagno e Tebaldo aceitaram se sentar por um momento com eles, depois de colocar com dificuldade sua cesta de frutas em cima da mesa que estava tomada por pratos, copos e cinzeiros; o tema da conversa, que não era mais que o avivamento daquelas brasas, uniu-os imediatamente, impressionou-os muito a história daqueles homens que tinham saído expulsos de seu país por terem perdido uma guerra, era uma história com a qual Carlomagno e seu filho só podiam simpatizar, porque eles também se sentiam exilados, embora sua tribo já fosse mais mexicana que africana. Aquilo aconteceu, segundo as contas que fiz com Laia, e depois com Màrius, em 1955, quando Arcadi e seus sócios já tinham perdido a esperança de voltar para a Espanha, porque Franco não apenas continuava no poder depois de quase vinte anos de ter dado seu golpe de Estado, como já era tratado pelos outros países como um presidente normal. Naquela varanda, naquele ano, já se sonhava com a morte do ditador e também se acalentava a esperança de que alguém organizasse um complô para assassiná-lo.

Carlomagno e seu filho ouviram tudo aquilo durante um tempo considerável, provavelmente uma hora e meia, envoltos na fumaça dos charutos e bebendo limonada porque o álcool era proibido por sua religião, "e que religião é essa?", tinha perguntado Fontanet com curiosidade, "religião africana", havia respondido, severo, Carlomagno. No dia seguinte Tebaldo apareceu no escritório e lhes disse que seu pai tinha mandado pedir uma fotografia de Franco, "para quê?", perguntou Arcadi, "para fazer um vodu", respondeu Tebaldo. Ninguém na fazenda tinha uma foto do Franco, mas acharam a ideia de fazer um vodu para o ditador tão atraente que o próprio Arcadi subiu na caminhonete e foi pedir uma foto ao arquivo de *Las rías de Galatea*. A possibilidade de matar Franco com um empurrãozinho da magia negra, por controle remoto e sem maiores implicações, era um projeto tão sedutor, tão irresistível, que tinha que ser apoiado, mesmo que nenhum dos sócios levasse muito a sério o vodu de Carlomagno. Essa é uma história que meu avô, no final de sua vida, empenhava-se em negar porque sentia vergonha por ter se metido nessa conspiração esotérica, mas seu empenho era inútil porque todos tínhamos visto durante anos o boneco do general Franco que tinha no escritório. "Você e eu sabemos que esse boneco existia, Arcadi", disse ao meu avô em duas ou três ocasiões, quando eu estava obcecado com a ideia de reconstruir sua história, que é também a minha, e ele me respondeu invariavelmente todas as vezes que eu estava louco, "*tu ets boig, nen*", como se entre os dois o propenso à loucura tivesse sido eu, como se aquele boneco tivesse sido uma fuga mais desonrosa que o uísque, ou os *menjules*, ou a bandeira de Bages, ou o catalão que falávamos; na verdade em La Portuguesa tudo era fugir dali, por isso vivíamos como na rua Muntaner, na nossa Catalunha imaginária, dentro da nossa paliçada de Asterix, em uma fuga permanente para o reino perdido. Os republicanos inventaram tudo aquilo para não morrer de desespero, e para mim o projeto do vodu, contra o que pensava Arcadi, sempre foi um capítulo daquela fuga permanente, nem mais nem menos. Meia hora mais tarde Arcadi estava de volta com a foto de Franco, uma foto em que o rosto do ditador aparecia de perfil, como nas moedas, "eu a levarei ao patriarca", disse Tebaldo, e imediatamente empreendeu a volta a Ñanga, pelo caminho que eles usavam que era atravessando o campo, porque se o fizessem pela estrada, como teria sido o mais prático e normal, as pessoas não demorariam a hostilizá-los, a rir de suas tangas e de suas lanças e escudos, e a gritar-lhes "negro filho da puta, volte para a África!", como se ali onde vivíamos fosse o Jardim de Luxemburgo e não a selva infecta. No escritório da plantação, o projeto do vodu foi encarado basicamente como uma atividade engraçada, mas a verdade é que no fundo todos esperavam que a magia negra de Carlomagno tivesse algum efeito e a prova era a velocidade com que Arcadi tinha conseguido a fotografia. Dois dias mais tarde chegou um enviado do patriarca, um rapaz negro idêntico a todos os homens de Ñanga, que respondia pelo nome de Lorena; foi diretamente ao escritório e disse aos sócios que o boneco estava pronto e que o patriarca Carlomagno os convidava nessa noite para a cerimônia em que lhe dariam o "sopro vital". Puig tentou adiar o ato porque nessa noite receberiam a visita de um empresário canadense que estava interessado em comprar café para vendê-lo em uma cadeia de supermercados que operava em Ontário, mas Lorena replicou que aquilo era impossível porque a cerimônia dependia do alinhamento dos astros nessa noite; Puig consultou os sócios e entre todos concluíram que com ou sem vodu, a possibilidade de fazer mal ao ditador era a coisa mais séria do mundo. Quando o enviado de Carlomagno foi embora, resolveram que as mulheres podiam perfeitamente atender o empresário, apoiadas pelo capataz, que estava habilitado para responder a qualquer pergunta sobre as qualidades e os preços do café. Escrevi acima que tanta cerimônia ao redor do autógrafo do Cruyff, naquele dia de 1974, obedecia à estreita relação que os negros de Ñanga tinham tido durante décadas com La Portuguesa, mas também é preciso dizer que Lorena era um dos motores daquele entusiasmo. Aquele jovem negro, de nariz também de gancho e idêntico pomo de adão e olho quase branco, que era já um adulto nos tempos do autógrafo, tinha professado na época do vodu uma desmedida paixão por Màrius, e essa paixão terminou redundando na deferência e nos cuidados que a tribo de Ñanga tinha para conosco. Não se sabia se Lorena era homossexual e por isso o chamavam assim, ou se o nome estrambótico o havia tornado o que era, o caso é que, quando começou a ir com mais frequência à plantação, Puig, que já estava a par da sexualidade do filho, pôs a boca no mundo porque Lorena era um negro brincalhão de maneiras femininas que, à medida que ganhava confiança, foi se desinibindo. Lorena aparecia na plantação com qualquer pretexto, chegava com uma cesta de frutas e se sentava na varanda para conversar com Sacrossanto enquanto este velava as sestas químicas de Marianne ou, com o pretexto de aprender a cozinhar, por exemplo, a *carn d'olla*, plantava-se na cozinha entre Carlota e dona Julia, e como caía nas graças de todos, davam-lhe espaço e conversa enquanto ele desdobrava seus encantos, com um olho sempre atento ao jardim para ver se Màrius aparecia. Mas isso que conto agora de maneira tão explícita, o gosto de Lorena por Màrius, que por escrito parece tão evidente, tão crasso, não o era tanto, ninguém se deu conta de que entre Màrius e ele havia uma tempestuosa relação, nem de que as idas a Ñanga para recolher Màrius tinham a ver com esta; víamos em Lorena uma bicha negra simpática e que na maioria das vezes alegrava o nosso dia, mas víamos Màrius muito na dele. Foi só muito recentemente, numa de nossas tardes em Guixers, que lhe perguntei sobre Lorena, porque aparecia em várias fotografias, numa delas em frente ao tacho de *carn d'olla* precisamente. "Com ele dei minhas primeiras trepadas", respondeu-me Màrius tranquilamente e acrescentou lascivo, depois de dar um gole no seu uísque e de se certificar que Ming, seu companheiro, estava ouvindo: "Tinha o pau do tamanho da sua lança."

À cerimônia do "sopro" compareceram os sócios mais Màrius e Laia, Arcadi tinha levado a filha para contrabalançar a presença do filho do amigo que tinha insistido até o cansaço em acompanhá-los a Ñanga, e assim, com a presença da Laia, o acontecimento passava como uma atividade divertida para "as crianças". A primeira coisa que notaram ao chegar à casa de Carlomagno foi a solenidade do ato, os negros tinham construído uma espécie de altar onde comparecia o instrumento do magnicídio, um boneco de tecido áspero com a fotografia da cara de Franco colada na cabeça; a composição era estranha porque a cara do general estava de perfil e isso forçava a antropometria do corpo, que estava de frente. Ao redor do altar comparecia a tribo inteira, homens, mulheres e crianças, todos idênticos, solidarizaram-se com a história dos espanhóis que lhes tinha irradiado Carlomagno. O espaço estava delimitado por quatro fogueiras e havia um grupo de tambores, bongôs e atabaques alimentando permanentemente a cerimônia. O sócios de La Portuguesa se sentiam um pouco deslocados porque não haviam imaginado que aquilo era um ato muito sério, e tinham ido vestidos como todos os dias e com ânimo ambíguo e receoso, e assim que chegaram ali e foram colocados no centro do quadro demarcado pelas fogueiras perceberam que tudo aquilo tinha sido montado para ajudá-los e que o que ali se forjava era um assassinato, nem mais nem menos, porque o assassinato começa com a disposição daquele que vai cometê-lo, com a instrumentalização do desejo de matar alguém. Esta era justamente a leitura do vodu que Arcadi não suportava, que durante anos tinha dito que o vodu tinha sido só uma brincadeira e ao final tinha acabado por negá-lo completamente, por erradicá-lo do seu histórico, quando a verdade é que aquela noite em Ñanga, e depois durante várias semanas, os sócios de La Portuguesa não só tinham desejado, coletivamente e de forma organizada, a morte do ditador, como tinham ido muito mais além ao materializar esse desejo na figura do boneco, e isto, sendo rigorosos, não tem nada a ver com diversão nem com brincadeira. A cerimônia foi um ato cheio de argumentações na sua língua, um dinco mal falado, e danças mestiças, e ao final Carlomagno pediu que um dos espanhóis se aproximasse para dar o "sopro" no boneco, uma honra assumida imediatamente por Fontanet, que era, como falei em alguma parte, o mais distante de todos, e que assumiu cumprindo com entusiasmo o pedido de que tirasse a camisa e os sapatos, um entusiasmo muito físico que se chocava um pouco com a aura religiosa que o ato exalava, parecia um esportista preparado para competir quando se aproximou do altar onde o esperava Carlomagno com o dedo indicador cheio de tinta preta, preparado para traçar-lhe linhas no rosto, no peito, nas mãos e nos pés, e uma vez terminado o desenho, que segundo Laia durou uma eternidade, Carlomagno o acompanhou até em frente ao boneco, e Fontanet, devidamente assessorado, refletiu por um instante, tomou ar e soprou suavemente para insuflar vida ao feitiço.

Naquela noite retornaram a La Portuguesa com o boneco, que guardaram no escritório de Arcadi, porque ninguém queria ter aquele objeto carregado de magia em casa, nem deixá-lo em uma área comum dos escritórios, dava-lhes vergonha o que pudessem pensar os empregados, assim Franco foi parar numa gaveta de onde o tiravam todos os dias, antes da hora do *menjul* e seguindo escrupulosamente as instruções de Carlomagno, iam espetando um a um, por turnos, agulhas na cabeça e no coração. Assim fizeram durante algumas semanas até que, desanimados pela informação que obtinham do diretor de *Las rías de Galatea*, segundo a qual a saúde do ditador não sofria nenhuma diminuição, deixaram-no, esqueceram o boneco no fundo da gaveta, no escritório de Arcadi. Várias décadas depois, na tarde em que bebia uísque com Bages em sua casa ruinosa, com meu iPod totêmico no bolso, veio à baila o boneco e o velho me contou uma coisa deprimente, disse-me que com o tempo o boneco foi caindo no esquecimento e que muito de vez em quando alguém se lembrava dele e então faziam brincadeiras sobre o fantoche de Franco e falavam com zombaria e muita gozação sobre o quanto era inócua a magia de Carlomagno, enfim, que aquele episódio, depois de algumas semanas, transformou-se em folclore, em mais uma das extravagâncias daqueles negros amigos da fazenda, e em uma anedota que saía às vezes à hora do *menjul*, com qualquer pretexto, "como naquela noite em que fiquei passado e meio adormecido na cadeira", contou-me Bages, provavelmente para aliviar o que a seguir ia me revelar, "o filho da puta do Fontanet apontou para a minha a cabeça e disse aos rapazes: "E se espetarmos nele as agulhas do vodu?" Dois anos mais tarde, quando já ninguém se lembrava do vodu, Bages saiu de madrugada para caminhar no jardim porque a lenta digestão dos camarões que tinha jantado não o deixava dormir, era perto das 3 horas e sabe-se lá por que a essas horas, por alguma razão misteriosa, o elefante fazia o que chamávamos "*tour du proprietaire*", despertava subitamente às 2h45, seguindo algum toque de seu relógio interno, e se punha a percorrer os jardins com uma atitude que não era a do vigilante nem a da fera que protege o sono de seus amos, mas a do dono satisfeito de sua fazenda que percorre com orgulho seus domínios; às vezes arrastava junto uma árvore, uma cadeira ou um canteiro, e isso nos fazia achar que era sonâmbulo, embora Sacrossanto, que gostava de ler almanaques e encartes de ciência, sustentasse que os destroços se deviam a que os elefantes enxergam mal à noite. Bages tinha saído naquela noite quando o *tour du proprietaire* acabava e o elefante retornava ao seu canto e ao sono, e caminhando por ali, fazendo hora para que as borbulhas do bicarbonato pusessem em circulação o entupimento de camarões, viu que havia luz no escritório de Arcadi, pegou uma lanterna e caminhou até lá para apagá-la, porque pensou que a tinha deixado acesa por descuido, mas quando chegou viu o sócio sentado na sua mesa, bebendo uísque de uma garrafa e espetando um alfinete atrás do outro no boneco de Franco, determinado a fazer funcionar aquela magia que prometia franquear sua volta à Espanha.

Anos mais tarde Joan e eu estávamos bisbilhotando no escritório de Arcadi, era um sábado em que ele e seus sócios estavam reunidos para examinar a contabilidade da fazenda e nós brincávamos com as calculadoras, as folhas e os carimbos de borracha, num desses dias em que podíamos andar à vontade pelos escritórios, porque era sábado e não havia secretárias nem empregados e nós íamos de um escritório a outro fuçando, desfrutando desse estranho prazer infantil que se experimenta quando você se converte em proprietário, embora seja efêmero, dos domínios de um adulto e usa seu instrumental e se apropria de seus clipes e de seus lápis, uma atividade estranha nessa selva onde se supõe que o prazer está na intempérie, nos jardins à sombra ou sob o sol e não naquele barracão cheio de escritórios e calculadoras que nos causavam tanta cobiça; e daquela vez revistando a fundo, porque tínhamos lançado mão de uma cadeira e uma caixa para alcançar as gavetas, demos com o boneco de Franco, embora na época não soubéssemos de quem era aquela cara de bunda porque certamente em La Portuguesa não havia nenhuma foto dele; só percebemos que se tratava de um militar e achamos engraçado o desajeitamento do brinquedo e também nos intrigou qual seria o motivo pelo qual Arcadi guardava aquele fantoche sujo e malfeito; por outro lado, intuímos que essa era outra das coisas sobre as quais era melhor nem perguntar nem fazer alarde e simplesmente o deixamos ali onde o tínhamos encontrado. A partir de então, cada vez que havia contabilidade, íamos para os escritórios com o intuito de visitar o boneco, e foi durante a terceira visita que nos atrevemos a espetar nele os alfinetes que Arcadi guardava num vidro, eram longos e tinham a cabeça preta, pareciam espinhas de peixe, e tínhamos nos atrevido a espetá-los porque o boneco já tinha dois quando o vimos pela primeira vez, um na cabeça e outro no coração, e o que fizemos foi nos concentrar nas áreas livres, o peito, as pernas, os braços e a bunda, e fazíamos isto sem saber que o que tínhamos nas mãos era um vodu e ignorando que, cada vez que transpassávamos o tecido áspero do boneco, havia a possibilidade de que estivéssemos fazendo mal ao verdugo da nossa família. Num sábado nos ocorreu apresentar o boneco a Jacinto, irmão de Màrius, que era mais velho que nós, e ao Pep e ao Poi, que eram netos do González e tinham mais ou menos nossa idade, garotos que também viviam em La

Portuguesa e sobre os quais não digo nunca nada porque eles são a história de outro e não quero perder tempo contando histórias que não sejam minhas, simplesmente os incluo quando nossas histórias se cruzam, como acontece também com a vida em que a gente vai cruzando com muitas pessoas e estabelece relações que podem durar anos ou minutos, e depois não volta a vê-las nunca, ou depois de várias décadas quando já não se tem nada em comum com elas, tampouco há nada para dizer, porque ao final o que há é uma alma sozinha que atravessa de cabo a rabo a vida, ou a novela, e de passagem por acidente vai cruzando com outras almas sozinhas: um triste emaranhado do qual eu escolho uma única linha. Naquele sábado chegamos com Jacinto, Pep e Poi e esperamos que a batalha da contabilidade alcançasse seu ponto de maturação para corrermos para o escritório de Arcadi e exibir o misterioso boneco que nosso avô guardava na gaveta. A recepção foi decepcionante, Jacinto, que era o mais velho de todos, perguntou qual era a graça daquele boneco tão feio, ao que nós respondemos que a graça era espetar alfinetes nele e então lhe demos o pote e ele, como querendo comprovar se havia mesmo nisso um pouco de graça, tirou um por um e foi enterrando no boneco, em seguida o passou para Pep e Poi, que o examinaram com o mesmo ceticismo e tiraram dois alfinetes para depois voltar a espetá-los com um lânguido desinteresse. "*I qui és aquest pallasso?*", perguntou Jacinto apontando para a fotografia de Franco, e como não soubemos o que lhe dizer saiu do escritório irado dizendo que só tinha perdido tempo e que nossa brincadeira era uma tolice e uma merda, e como era o mais velho foi seguido por Pep e Poi, e Joan e eu ficamos ali com nosso brinquedo tolo nas mãos, ignorando o que tornava aquela brincadeira tão divertida e transcendente, incapazes de imaginar o general se retorcendo no seu palácio cada vez que seu vodu recebia uma espetada.

A xamana, que ria da magia dos negros de Ñanga, sempre com sua risada pétrea e aparentada com a careta, vaticinou desde o princípio que aquele vodu não faria "nem cócegas" no general, e como se viu com o tempo, ela tinha razão. O mesmo aconteceu com outras tentativas mágicas de Carlomagno, como aquela muito dramática durante o estranho coma que acometeu Marianne, quando chegou à plantação com um grande aparato de gente e armou uma confusão de atabaques, bongôs e danças, algumas delas bastante paroxísticas, que mantiveram a fazenda em suspenso porque a cada determinado tempo a sacerdotisa, que era a mulher de Carlomagno, gritava "Acorde, acorde!", e toda a fazenda se amontoava na porta e nas janelas para constatar o milagre africano que ao final não chegou, por mais que Carlomagno, muito pressionado pelo mal que estava ficando, passou da dança erguida à paroxística que mencionei, e que consistia em atirar-se no chão e com certo ritmo convulsionar-se enquanto a sacerdotisa gritava, "O diabo já transmigrou, agora que acorde a menina!", e ao final não acordou, tampouco o diabo transmigrou para o corpo de Carlomagno, que, num dado momento, machucado de tanto dançar com paroxismo pelo chão, suspendeu com uma mãozada o trabalho dos atabaques e dos bongôs, e anunciou que sua magia tinha calado fundo e que era questão de horas para que a menina despertasse, e sem dizer mais nada abandonou a plantação seguido por sua tribo. No dia seguinte, Arcadi e Carlota, que tinham acreditado nas palavras de Carlomagno porque precisavam acreditar em alguma coisa, deram por verdadeira a ideia que a xamana expressava toda vez que encontrava o momento oportuno: "Esses negros não são nem bruxos nem nada: são negros desgraçados." Apesar de sua incompetência no plano da magia, a tribo de Ñanga foi sempre muito querida em La Portuguesa, e mesmo que se soubesse, de forma comprovada e reiterada, que eram bruxos fajutos, continuavam aceitando o empenho que punham em ajudar quando, por exemplo, caía uma praga no cafezal, ou a fazenda sofria uma onda de mau agouro, então eles chegavam com seus bongôs para fazer farol e dramalhões e depois Arcadi e seus sócios lhes agradeciam muito seu esforço.

Naquele maldito sábado de contabilidade, Joan e eu, severamente tocados pela decepção que nossa brincadeira tola tinha causado, recolocamos no vidro os alfinetes que tínhamos usado e os guardamos junto com o boneco na gaveta; ao fechar a portinhola e tirar a caixa e a cadeira nas quais costumávamos subir, tive a impressão de que o capítulo do *ninot*, assim chamávamos em catalão o boneco, fechara-se para sempre. Décadas depois, há dois verões para ser exato, quando estávamos visitando minha mãe em sua casa na Cidade do México, em uma dessas viagens anuais que fazemos para que a avó veja seus netos e desempoeire seu catalão conversando com eles, minha filha, que ainda é pequena, apareceu nas escadas carregando um boneco, tinha ido bisbilhotar nas gavetas, do mesmo modo que eu tinha bisbilhotado toda a minha infância nas de Arcadi, e tinha dado com aquele boneco que abraçava enquanto descia as escadas. "*Què t'has trobat, nena*", dizia Laia com aquele tom complacente que as avós usam com os netos, mesmo que eles sejam uns vândalos e acabem de deixar seu quarto de pernas para o ar. Minha filha chegou à sala onde Laia e eu estávamos conversando, "*què tens aqui?*", voltou a perguntar Laia, tentando focar com os olhos espremidos porque estava sem seus óculos; "*m'he trobat un ninot*", respondeu minha filha, e nos mostrou seu achado e eu quase caí da cadeira ao ver que era o tal boneco de Franco, já sem a cara de bunda que tinha caído com os anos, mas ainda com os alfinetes espetados, um na cabeça e outro no coração.

14

A relação entre Màrius e Lorena durou uma quantidade inverossímil de anos e resistiu a um número incrível de crises, os dois eram bastante infiéis e não hesitavam antes de enredar-se com outro, ou com muitos outros, como acontecia nas temporadas de alta fogosidade. Màrius me contou tudo isso recentemente, porque naquela época, como já disse, o que se sabia era que o filho de Puig era amigo de Lorena e que levava uma vida misteriosa e cheia de desaparecimentos que ninguém gostava de indagar. Os republicanos colocaram um cerco à informação sobre Màrius, estenderam um véu para proteger o amigo que se sentia mais tranquilo ignorando as aventuras do filho e, como costuma acontecer nas comunidades pequenas, as coisas eram como os mais velhos diziam, e dentro da fazenda Màrius era somente um cara estranho, e não a bicha da qual todos zombavam em Galatea. Durante anos Màrius e Lorena toleraram as infidelidades, embora o negro levasse muito mal o antro que Màrius tinha montado e com frequência irrompia no mercado e fazia para ele uns tangos famosos e muito passionais que, entre outras coisas, deram origem a um *son* gravado por vários grupos, entre eles Arcadio Betancourt y Sus Ursulinas, intitulado *Las muinas del negro*, e que estrofe por estrofe conta como o protagonista da canção, que não é outro senão o próprio Lorena, chega ao mercado vestido de mulher (isso é uma licença do autor) e grita de baixo uma série de impropérios ao seu namorado espanhol, que nesses momentos se divertia com um amante chinês, um detalhe étnico que parece outra invenção do autor mas que é uma verdade rigorosa e comprovável. O *son* é original de um tal Adalberto Uzueta, embora na verdade não tenha nada de original porque tudo o que Adalberto fez foi calcar a cena que viu e depois, e este é seu mérito, ordená-la em versos e colocar música, uma originalidade similar à destas laudas que escrevo, que não são mais que alguém calcando o que acontecia naquela selva, não são mais do que a realidade ordenada de maneira que se possa ler e entender como uma história que vai daqui para lá como a própria vida. Cada vez que Màrius bebe demais nas nossas tardes de quinta-feira em Guixers, põe um CD com uma versão hip-hop de *Las muinas del negro* feita por Los Fatal, uma banda sevilhana que, segundo a informação que aparece na capa, fez uma excursão ao porto de Veracruz e ali se encantou com o *son* que transformou em hip-hop com bastante fortuna. Màrius ostenta essa canção como um troféu e cada vez que a coloca aumenta o volume o bastante para que seu companheiro, que quando estou na casa não faz mais que suspirar pelos cantos, ouça-a e se zangue e se incomode "pelo passado obscuro do seu namorado", e isso diz Màrius com muito orgulho, mas acho, e eu disse isso em duas ou três ocasiões, que o que é verdadeiramente obscuro é seu presente, porque em Barcelona, onde ninguém está a par de seu passado, Màrius passa por um morador respeitável de Sant Gervasi que tem um restaurante e que toma o café da manhã no Baixas e toma café no Tívoli, como fazem nossos vizinhos, uma comarca de burgueses vetustos que ignoram certamente que entre outras coisas Màrius é um pedófilo que nasceu na selva e que é o personagem psicológico de importância em *Las muinas del negro*, canção que, por outro lado, nenhum de nossos vizinhos burgueses e vetustos conhece.

Em 1974, no dia seguinte à invasão que marcou o princípio do fim de La Portuguesa, como já contei, o secretário de governo Axayácatl Barbosa chegou acompanhado pelo secretário Gualberto Gómez, que vinha se fazendo de tradutor de Ming, o delegado chinês que tinha viajado até Veracruz com a missão de dar prosseguimento ao pagamento do material que usaram na pirotecnia, e de fazer valer a oferta do prefeito Changó, aquela que ele tinha formulado diante do líder da revolução, uma oferta imprudente que consistia em doar à China um terreno para que seus engenheiros agrônomos fizessem experiências com hortas. Ming tinha chegado à fazenda acompanhado pelos dois gigantes chineses que o protegiam das inclemências do governo municipal, e entre todos formavam um contingente estranhamente homogêneo porque Axayácatl, Gualberto e o policial municipal que os acompanhava, embora fossem muito morenos, tinham os olhos achinesados. Não houve forma de parar aquela expropriação impulsiva que já vinha consolidada na ata que o secretário de governo Axayácatl Barbosa agitava com orgulho, um orgulho altivo no qual havia muito de revanche, e que achinesava ainda mais seus olhos. O delegado Ming, temerariamente traduzido pelo secretário Gualberto (uma tradução sem sentido porque o único destinatário era Axayácatl, que não o ouvia por estar pensando nas suas coisas e arrancando hastes de capim que levava à boca e em seguida cuspia com inexplicável fogosidade), ia improvisando na hora seu projeto de horta e dando instruções aos gordos, dizendo que parte do terreno era preciso capinar, em qual havia que fazer um montículo e com que ângulo tinham que cavar as canaletas que serviriam para o deságue. Um dos gordos tomava nota enquanto Gualberto comunicava a Axayácatl, que por ir filosofando e mastigando capim não atendia com o rigor que a situação exigia, uma delirante tradução do chinês que provavelmente não tinha nada a ver com o que o delegado Ming dizia. Naquele dia Lorena estava na plantação, tinha ido com Chabelo e sua primeira-dama apresentar as condolências pela desgraça da noite anterior, e como estava a par da horta experimental que os chineses pretendiam pôr em funcionamento, interrompeu o secretário de governo Axayácatl para dizer-lhe que estava interessado em somar-se ao projeto, como parte da equipe de trabalhadores que certamente iriam necessitar. Lorena pretendia ganhar um dinheiro, mas também queria um álibi para estar o dia todo na fazenda, seguindo de perto os movimentos de Màrius. Dois dias mais tarde a equipe já estava dando forma à horta com a qual o governo da revolução pretendia expandir suas patentes de cultivo (um sistema parecido com a hidroponia) pela América Latina, e também experimentar com certas sementes, porque seus cientistas afirmavam que, por exemplo, uma planta de arroz desenvolvida em outra latitude podia dar uma série de pistas que seriam fundamentais para as técnicas de transgênese nas quais começavam a entrar. Com o delegado Ming e seus dois gordos, foram os três engenheiros agrônomos da revolução que passeavam de jaleco branco pelo terreno e de vez em quando pegavam uma amostra de terra, uma folha, um trevo ou um capim dos que Axayácatl tinha por bem mastigar; os engenheiros se deslocavam como se estivessem dentro de um laboratório e não naquele terreno expropriado onde a equipe de trabalhadores nativos, com Lorena já entre eles, seguia as instruções impossíveis do secretário Gualberto que, ao traduzir para o espanhol as tarefas concretas que Ming ia dizendo, deu-se conta de que ele era melhor traduzindo conceitos voláteis e não tão específicos, porque quando o chinês dizia cavar um sulco aqui, Gualberto dava a ordem de levantar um montículo, ou se falava para deixar a vegetação tal qual estava, Ming expressava em sua língua e reafirmava com um gesto da mão sobre a erva, Gualberto ordenava deixar tudo limpo, sem uma única grama ou capim. Os mal-entendidos não eram muitos, eram tudo o que havia, e os chineses tinham que se armar de paciência e ao final da jornada tinham que refazer tudo, até os engenheiros, que tinham feito a viagem exclusivamente para fiscalizar, acabavam as jornadas com a pá e a enxada nas mãos, e o mesmo acontecia com os gordos e também com Ming, o que era o cúmulo porque se tratava de um personagem com certo nível no organograma da revolução. Com o passar dos dias, enquanto Lorena vigiava as entradas e saídas de Màrius, e de passagem cavava uma vala onde deveria erguer-se uma elevação, foi forjando uma empatia com o secretário de governo Axayácatl Barbosa, que além de andar filosofando e mastigando capim-do-campo, terminou reparando na musculatura de Lorena e adiantando um prognóstico sobre seu membro, que devia ter no mínimo as dimensões de sua lança. Mais do que homossexual, Axayácatl era uma pessoa sem limites, o poder municipal tinha subido à sua cabeça e ele achava que um homem como ele devia ter direito absolutamente a tudo, a uma esposa com filhos e uma récua de amantes de várias denominações; assim que um belo dia se aproximou de Lorena e lhe disse que em sua caminhonete tinha cerveja gelada, mas o negro negou com a cabeça e lhe disse que sua religião proibia; "e que religião é essa?", perguntou Axayácatl, legitimamente estranhando, porque em Veracruz não havia religião nem deus que proibisse o rebanho de ficar travado, "religião africana", respondeu Lorena, e imediatamente acrescentou, porque via no secretário de governo uma oportunidade de ouro para seus propósitos, que em vez de cerveja aceitaria com gosto um Curimbinha Risonha. Quando estavam chegando ao lugar onde tinha que estar a caminhonete Lorena se deu conta de que não havia nem cervejas nem Curimbinhas, e de que o convite era um encontro exclusivamente galante, e como isso coincidia muito bem com seus propósitos, pôs-se a arrancar uivos do secretário com seu membro, e teve que tirá-los ao amparo de umas moitas porque tampouco havia caminhonete. O propósito de Lorena era provocar ciúme em Màrius, e já que estava se metendo com o segundo da prefeitura, começar a dar a seu futuro uma projeção política. A vida sexual de Lorena se levava na chacota e na gozação, era uma força desencarrilhada da natureza que, pelo que já expliquei, ninguém associava com os desaparecimentos misteriosos de Màrius, e a seus méritos comprováveis há que se acrescentar o que diziam dele na fazenda, histórias exageradas ou totalmente inventadas, se é que se pode quantificar o exagero e a invenção naquele homem que possuía um membro de lenda. Lauro e El Chollón asseguravam que numa tarde levaram Lorena às vacas, e que a pobre anfitriã daquele cipó tinha caído deprimida e acometida por "fartos tremores", e também juravam que um dia tiveram que ajudá-lo a bater uma punheta, porque o tinham encontrado desesperado, debaixo de uma árvore, tentando alcançar a ponta, e os dois meninos, comovidos por aquele homem que estava sendo tiranizado por seu próprio corpo, puseram-se a liberá-lo a quatro mãos de sua tortuosa quentura. "Não inventem mais coisas sobre o negro, caralho!", gritava o capataz cada vez que ouvia os garotos contarem essas histórias, que por outro lado eram desnecessárias porque era claro para todos que Lorena tinha chegado ao mundo com a missão de fertilizar todo ser vivo que o permitisse, "se não, para que Deus lhe daria esse pau?", sentenciava Teodora, que até nas manifestações mais rasteiras via a mão do Criador. Bastaram alguns dias para que o secretário de governo Axayácatl Barbosa se apaixonasse perdidamente por Lorena; o primeiro sintoma foi que em vez de levá-lo para baixo das moitas, achou por bem alugar um quarto no motel El Alvorozo. Alugar é modo de dizer porque o proprietário tinha negócios com a prefeitura e ficava claro que havia que tratar Axayácatl como um rei, assim não apenas colocava ao seu dispor o mais luxuoso dos seus quartos, também o enchia de frutas e bebidas e tinha dado instruções ao gerente para que atendesse com eficácia e prontidão qualquer necessidade, por mais extravagante que fosse. As necessidades do secretário eram poucas e sempre as mesmas, uma garrafa de rum Batey, um charuto de San Andrés Tuxtla e um isolamento hermético para se deixar amar sem interrupções por seu negro; em compensação Lorena imediatamente passou a ter necessidades complexas que começaram pelas loções, pelos cosméticos, pelos sabonetinhos coloridos e pelas *cumbias* colombianas no fundo musical, e que foram crescendo para a solidariedade com sua tribo, cuja manifestação mais notória era o patriarca Chabelo, com alguma de suas primeiras-damas emergentes, passando um extraordinário domingo na piscina do El Alvorozo. Dois meses mais tarde a relação entre Lorena e o secretário alcançou seu ponto de inflexão, Axayácatl lhe propôs montar um apartamento junto à prefeitura para ir formalizando o romance, e também porque seus retiros no El Alvorozo começavam a ser de domínio público, e essa intenção de formalizar semeou certo estresse na existência relaxada de Lorena, e numa manhã chegou aflito à plantação para contar a Teodora e a dona Julia, e mais tarde a Laia e a Carlota, sobre os avanços vertiginosos que sua relação começava a experimentar; as mulheres o confortaram e o aconselharam, mas o verdadeiramente relevante daquelas sessões foi sua veloz transcendência, porque na tarde desse mesmo dia Màrius já estava informado de que as trepadas do seu namorado com o secretário de governo tinham ficado sérias, e nesse mesmo instante, para incomodá-lo, tomou a determinação de deitar-se com o delegado Ming, que continuava tentando concluir a infraestrutura da horta da revolução e que a princípio foi esquivo e resmungão mas alguns dias mais tarde já se trancava com o Màrius em outro quarto do mesmo motel El Alvorozo. Então a batalha entre Lorena e Màrius foi campal e acabou, depois de uns meses, destruindo sua longuíssima relação e, simultaneamente, dando origem a duas relações que seriam muito mais longas, porque o que começou como uma estratégia de Màrius para provocar ciúmes em Lorena foi se transformando numa relação sólida que passou do El Alvorozo para o antro do mercado, e naquele cenário purulento, entre moscas, vísceras sanguinolentas e frutas podres, onde o chinês se entregava a Màrius incitado pelo asco e pela paixão, tiveram lugar cenas de *vaudeville*, estreladas pelos quatro interessados, que não perderei tempo em descrever, talvez apenas o eixo argumental, que era imutável: Lorena chegava a gritar para Màrius coisas do seu amante chinês (exatamente da mesma forma que em *Las muinas del negro*) e atrás dele vinha o secretário de governo Axayácatl Barbosa, gritando para o negro que não se rebaixasse, que não fizesse aquelas cenas e lhe perguntando a gritos se o amor e o apartamento que lhe dava não bastavam para que se esquecesse daquele puto. Enquanto isso o projeto da horta da revolução começava a dar seus frutos, embora não os esperados, os engenheiros tinham tido que reorientar seus cálculos porque naquele terreno havia fatores que não tinham levado em consideração, como a alta mineralidade da terra e uma bactéria inofensiva para as plantas de café mas não para as do arroz, e aquela reorientação de cálculos lançava um resultado demolidor, dizia que, dadas as condições do terreno, qualquer transgênese seria impossível antes de uma década. Màrius e Ming, apesar das escandalosas infidelidades do meu patrício, construíram um casal sólido, tanto que quando o senhor Puig decidiu que não aguentava mais os escândalos do filho e que o melhor era que fosse de vez para Barcelona, a primeira coisa que Màrius pensou foi em levar Ming, que é o chinês com quem ele montou o restaurante La Vasta China e o mesmo com quem compartilha hoje sua vida e que bufa e suspira toda vez que eu apareço na casa de Guixers.

O delegado Ming desertou da horta revolucionária justamente quando os engenheiros voltavam a reorientar seus cálculos e enviavam à China um relatório no qual comunicavam que a transgênese do arroz naquelas terras era impossível e que o recomendável era dar por concluída a missão e voltar para casa, coisa que, até onde se sabe, fizeram, embora segundo Lorena, a quem qualquer tema relacionado com Ming torna venenoso, os gordos e os engenheiros tenham ficado no porto de Veracruz e montado uma papelaria no bairro chinês, e graças à distribuição nacional das figurinhas do Pokemon, que foi cedida por uma companhia japonesa, vivem hoje uma abundância econômica que Lorena, aquele negro amoral e íntimo, não hesita em qualificar de imoral.

A relação entre Lorena e o secretário de governo Axayácatl Barbosa também foi se assentando, Lorena superou, parcialmente, o ciúme doentio que sentia da relação de Màrius com o chinês e se concentrou no seu companheiro e em seu futuro político. O ciúme o levou ao extremo de fazer um vodu para o ex-namorado, armou uma cerimônia, que Chabelo viu com maus olhos, em que ele deu o "sopro" no boneco, e depois foi contar a Laia suas intenções, mas minha mãe, que tinha comprovado uma e outra vez que a magia dos negros era fajuta, nem ligou. Lorena, seguindo o projeto que tinha pensado e repensado na intimidade, foi se colocando na prefeitura de Galatea; Axayácatl, graças a suas habilidades políticas, pôde manter na linha, sem perder sua posição, três prefeitos e quando se avizinhava o quarto, em 1998, decidiu que tinha completado cabalmente sua missão frente à cidadania e pediu a aposentadoria, um trâmite desnecessário, pois tinha roubado dinheiro a mancheias durante mais de quatro décadas. Lorena, que era muito mais novo que seu amante e mentor, foi escalando posições e chegou a deputado de Ñanga com representação no parlamento de Veracruz, e recentemente, em 2004, já viúvo de Axayácatl, que morreu *in coitu* numa tarde tórrida de agosto, foi nomeado secretário de Obras Públicas na prefeitura da Galatea, um cargo que até hoje desempenha com o nome que adotou quando viu que sua carreira política era para valer: Laureano Ñanga.

15

"Tudo está conforme o pedido", dizia o secretário Axayácatl a Arcadi em suas idas e vindas do show à área das casas, um vaivém que obedecia a coisas muito diversas: que sua excelência mandava perguntar se podiam lhe obsequiar "um charuto daqueles cubanos com os que vocês terminam suas refeições", ou que acabou o rum ou a garapa ou o refrigerante e sua excelência perguntava se podiam mandar comprar mais, ou que uma prima-irmã de sua excelência "estava com vontade de ir ao banheiro" e se não seria muito incômodo que usasse um dos banheiros da casa; uma série de pedidos que esticavam ainda mais a tarde somavam-se à inquietação que começavam a gerar os grupos de jovens que penetravam na área privada da fazenda, em busca dos cogumelos beta que havia tempos tinham sido queimados e erradicados. Já então os intrusos tinham que ser controlados pelo capataz e seus homens, porque a vigilância, por si frouxa, dos policiais que a prefeitura tinha enviado relaxou ainda mais e inclusive o comandante Teófilo tinha se abancado numa cadeira de lona ao lado do trono de sua excelência para desfrutar do melhor do show e beber o brandy que, é óbvio, tinha sido proporcionado por Arcadi. Tudo isso pode ser visto e comprovado em outra das fotografias da coleção de Puig, em que aparecem as duas autoridades, cada uma com seu copo na mão, comentando algum incidente do show, com a solenidade de quem assiste ao *Réquiem* de Mozart; a foto foi feita no momento em que sua excelência estava dizendo alguma coisa ao comandante Teófilo, vê-se que de sua boca acaba de sair uma palavra e está com a cabeça inclinada para a direita para que seu colega o ouça melhor; Teófilo, por sua vez, sem deixar de olhar para o que acontece no cenário, atende-o com notória submissão, tem um gesto de entrega ao chefe que combina mal com a taça de grande senhor que sustenta no ar, com uma delicadeza que, ao associar-se com sua barriga e sua mãozinha gorda, resulta enternecedora. O prefeito tem sua taça na mão direita, e no canto inferior da fotografia dá para ver que com a esquerda está tocando a calça na altura da virilha, parece que as roupas justas estão apertando um testículo e que ele aproveita a forçada inclinação a que o levou o comentário ao ouvido do parceiro para libertá-lo da pressão. Joan e eu descemos do telhado de onde observávamos o show e nos dedicamos a provocar desordem por ali o resto da tarde, e às vezes, quando se ouvia o grito da multidão ou alguma canção audível e contagiante, voltávamos para nossa posição nas alturas e olhávamos de lá a massa movediça, uma massa incomum naquela área do cafezal onde não costumava haver ninguém. Durante toda a tarde vimos como o capataz expulsava pessoas da fazenda, sabíamos que estavam procurando os famosos cogumelos beta, mas em nenhum momento nos perguntávamos qual era o atrativo daqueles cogumelos nem que utilidade podiam ter, nossa vida provinciana não dava para tanto, vivíamos nas margens do mundo e se alguém nos tivesse explicado os encantos dos paraísos psicotrópicos de qualquer forma teríamos achado exagerado, se não absurdo, o esforço que aqueles garotos faziam para conseguir os cogumelos, seus enfrentamentos com o capataz e o risco de fazê-lo zangar-se e de que tudo aquilo acabasse num ato violento. Eu continuava furioso com Marianne e também continuava desejando sua morte, sobretudo cada vez que via Laia com suas pancadas já maduras e escuras enfeiando suas feições, "que morra a louca!", continuava dizendo e pisoteando furioso. Em algum momento daquela tarde horrível, que tinha começado a se decompor porque no meio do show já havia uma séria ameaça de chuva, Sacrossanto tinha perdido a paciência e expulsara um trio de hippies que se aproximaram da varanda onde Marianne cochilava, ainda aturdida pela mescla da injeção e das cápsulas de mesantoína e fenobarbital. O céu ficou cheio de manchas escuras, de um escuro próximo do violeta ou do azul profundo, e ao longe, à altura do pico do Orizaba, dava para ver uma tempestade elétrica progredindo. O trio de hippies tinha chegado até as casas, não se sabia muito bem de que forma porque os homens do capataz não descuidavam nem um momento da área, que era em todo caso a importante, onde estavam as famílias e as casas, o que havia que proteger e preservar; até ali tinham chegado os três, procurando não se sabia bem o quê, ou provavelmente apenas bisbilhotando, tentando comprovar aquelas coisas que diziam dos espanhóis de La Portuguesa, coisas tolas referentes à língua que falavam e às refeições familiares ao ar livre, coisas sem importância que naquela selva onde não havia muitas distrações acabavam sendo assunto de conversas e inclusive tema predileto e objeto idôneo para intrigas e falatórios, porque além daqueles que ali vivíamos sempre havia algum personagem, o próprio prefeito, ou o padre, ou o governador ou uma estrela do beisebol que se infiltravam ali para comer ou beber um aperitivo e quase sempre para dar uma garfada em algum dos republicanos, e possivelmente aqueles três além da compreensível curiosidade também pensavam em depenar, em agarrar alguma coisa de uma das varandas e sair correndo. "O que procuram aqui?", Sacrossanto gritara furioso, enquanto saía da casa com um chá para a menina e os surpreendera observando-a, olhando-a com curiosidade e certa malícia, porque Marianne tinha algo estranho, era uma mulher aparentemente normal mas olhava e, sobretudo, desafiava com o olhar como a criança que era, e também falava assim e assim se comportava, sem filtro nem disfarce algum, e assim que aquele trio se aproximou, mesmo aturdida com os calmantes, tinha-os interpelado com certa grosseria, com uma grosseria estranha porque estava "lentinha" e a calma química lhe torcia a boca e isso tinha divertido muito o trio que, além das coisas tolas que contavam dos espanhóis, e certamente sem deixar de lado o depenamento, talvez estivessem ali procurando-a, porque todos sabiam que havia uma loura louca que não saía nunca da fazenda, mas sobretudo sabiam, e provavelmente por isso estavam ali, que um dia essa loura se despira na presença do prefeito e tinha andado assim nua e com suas carnes brancas ao léu por todo o jardim e isso sim, uma loura nua naquele território, era um fenômeno que provocava muita expectativa, quero dizer que é quase certo que aqueles três tivessem chegado até ali provocando desordem com a ideia de ver a espanhola em pelo, porque o que na verdade diziam nos arredores da fazenda, como costuma acontecer com os rumores e as intrigas, é que não era raro encontrar Marianne assim, que passava o dia com as partes ao léu, Sacrossanto sabia de tudo isso, e foi por isso que tinha ficado furioso, com uma fúria que o fez gritar "o que estão fazendo aqui!" e imediatamente largar o chá e, com aquele excesso que tem a violência no trópico, agarrar um facão que estava ali pendurado num prego, desembainhado, e antes que o trio pudesse responder, fazer a ameaça de que arrasaria com eles a machetaços e eles, rindo como se Sacrossanto tivesse feito uma piada, ou provavelmente de nervoso, saíram correndo de volta ao show. "Fizeram alguma coisa a você, minha menina?", perguntou Sacrossanto preocupado, e eu que estava ali vendo tudo, e ainda furioso com ela, disse-lhe que não tinha acontecido nada, que os garotos estavam ali bisbilhotando e que não entendia por que tinha sacado assim o facão, com aquela violência, e Sacrossanto começou a se defender do meu comentário exagerado pela raiva que eu tinha de Marianne, quando ela mesma, com aquele mau humor que se agudizava com as ressacas dos remédios, mandou-nos calar com um de seus gritos e, ao ver que nem Sacrossanto nem eu lhe demos bola, tentou levantar-se da cadeira de balanço mas a gargantilha a impediu, ergueu-se um pouco e imediatamente foi impedida, devolvida com violência à cadeira, e agora que recordo e escrevo já era muita a violência que se estava gerando ali, a dela, a que havia em mim e no meu desejo de que morresse, a violência de Sacrossanto, e as nuvens que escureciam e convocavam cada vez mais de perto os relâmpagos. Marianne foi devolvida pela corrente e caiu no assento com cara de surpresa, quase cômica, a que fazia sempre, como se cada vez que a corrente a retinha fosse a primeira; em seguida se revolveu na cadeira, como uma fera, mas desistiu logo porque já sabia, tinha aprendido, que mais valia não forçar a gargantilha, não promover o roçar do couro no seu pescoço, então ficou quieta, expectante mas parada, furiosa e entretanto quieta e me fazendo saber, pela ira com que me olhava, que se eu não tomasse cuidado seria ela quem me mataria, e eu, não sei por que, em vez de ficar com medo como teria sido o normal fiquei com vontade de desafiá-la, de acabar com ela, de prejudicá-la, e então me aproximei e soube por que queria acabar com ela, porque nesse momento minha vantagem frente a ela era absoluta e era minha oportunidade de fazer alguma coisa que redimisse minha mãe, meu irmão e eu, aproximei-me o mais que pude, a uma distância que me mantivesse a salvo por mais que ela gesticulasse, e lhe disse, articulando cada letra o melhor possível e em voz alta para que pudesse me ouvir, porque a essas horas, não sei se eu já disse isso, havia na fazenda uma barulheira que não nos deixava nem pensar, uma barulheira a que tive que me sobrepor para dizer a Marianne uma única palavra: "louca". Sacrossanto saltou assim que ouviu o que eu tinha dito e olhou para mim surpreso e assustado e um segundo mais tarde, o tempo que a palavra que eu acabava de pronunciar levou para cruzar o véu da mesantoína e fenobarbital, Marianne atirou um tapa que não chegou à minha cara porque eu tinha calculado a distância, mas o atirou com tamanha força que a cadeira de balanço caiu e a jogou no chão e ali ela continuou gesticulando e espernando até que Sacrossanto conseguiu contê-la, atirou-se em cima dela até que parou de espernear e então a ajudou a se levantar e vimos o dano que a gargantilha tinha feito no seu pescoço, tinha-a deixado em carne viva, e no que Marianne tentava se acomodar na cadeira de balanço, queixou-se e levou as mãos ao pescoço, e eu saí correndo, mais assustado do que redimido, atemorizado com aquele dano que tinha lhe infligido, que era mínimo se comparado com a morte que eu tinha lhe desejado, e se comparado também com todo o dano que nos tinha feito. Enquanto saía correndo ouvi que Sacrossanto gritava "você vai ver!", uma ameaça tola porque nós dois sabíamos perfeitamente que eu era o filho dos patrões e ele o empregado e que por mais mal que eu fizesse nunca seria tão ruim como ele ao me denunciar, assim funcionava aquela selva, e essa lógica tinha operado no dia em que Màrius passou a mão num dos meninos que trabalhavam na plantação, um escândalo que tinha tirado o senhor Puig e seus sócios do sério, mas que se solucionou na varanda, à hora do aperitivo, da maneira como se solucionavam as coisas ali, falando severamente com Màrius e mandando embora da fazenda o menino que tinha sido bolinado, essa lógica latino-americana que opera na convivência entre brancos e índios, essa lógica que ainda hoje lhes permite abusar da faxineira ou do motorista, porque são índios e sua palavra, e sua denúncia, não vale nada frente à de um que não o é. "Nunca consegui engolir o que você fez ao Vicentillo", disse a Màrius numa tarde de franqueza em sua casa de Guixers, referindo-me ao incidente do menino que ele tinha bolinado na fazenda. Falei porque estava um pouco bêbado, mas também porque é verdade que não consegui engolir esse episódio do qual nunca tinha falado para não estorvar nossa amizade, porque não compreendo que mecanismo leva alguém a fazer essas coisas e além disso tenho filhos; e acabei dizendo-lhe porque tinha tentado resolver isso de uma forma torpe que já expliquei aqui, apresentando-me com meus filhos e minha mulher em sua casa, sabia que não aconteceria nada e pensei que o fato de conviver em família com ele exorcizaria em mim, ou atenuaria, a história sórdida do Vicentillo, mas me enganei, aquilo não fez mais que acentuá-la, sofri muito toda vez que ele dirigia a palavra aos meus filhos, vigiei a intenção de cada um de seus olhares e embora seja verdade que não percebi nada de anormal, nada do que eu temia, sofri o tempo todo, e entendi que se quero continuar sendo seu amigo, tenho que ser e pronto, sem questionar essa debilidade dele, aprender a conviver com ele e seu defeito ou deixar de vê-lo e enquanto isso não voltar a falar com ele sobre o assunto, porque daquela vez que o trouxe à baila, ele me respondeu uma coisa que resolveu minha tentativa de sanear dialogando nossa relação: "Eu também não consegui engolir", disse, como se o que fizera ao Vicentillo não tivesse sido coisa dele. Depois de chamar

Marianne de louca, saí correndo rumo ao cafezal, as nuvens carregadas de chuva tinham escurecido a tarde e as descargas elétricas que havia alguns minutos aguilhoavam o vulcão: agora caíam mais perto de La Portuguesa. Naquele dia os negros, como acontecia sempre nos períodos críticos da fazenda, ofereceram-se para dar uma mão; Bages lhes dissera, mais para não desprezá-los, que uma tempestade podia ser útil para que o show terminasse logo e todos aqueles intrusos que nos invadiam fossem logo para casa, de maneira que Chabelo e seus discípulos, entre os quais estava o infalível Lorena, instalaram-se desde cedo numa área invisível do jardim para pôr em marcha, à força de danças e batuques, a maquinaria da chuva. A cerimônia dos negros passou despercebida, seus ritmos mágicos ficaram sepultados sob o barulho que faziam os trabalhadores da prefeitura, e sua coreografia africana estava fora do campo de visão; Bages era o único que estava informado, mas com todo o movimento que havia se esqueceu do assunto e não voltou a se lembrar até bem entrada a tarde, quando os primeiros relâmpagos começaram a estalar em cima do Citlaltépetl. Levando em conta a estatística que indicava com toda a clareza que a magia daqueles negros era inócua e fajuta, o que se pode pensar é que aquela tempestade desatou espontaneamente, com total independência da cerimônia africana, mas eu, na minha fuga para o cafezal, com o inútil "você vai ver" que Sacrossanto tinha gritado ainda ressonando nos tímpanos, vi ao longe a dança dos negros e concluí, de forma automática e sem dúvida nenhuma, que eles eram os promotores do temporal.

Los Garañones de Acultzingo tocavam uma versão ensurdecedora de *Juana La Cubana* e um grupo de intrusos que tinha chegado até aquela parte da fazenda dançava animadamente, com um ritmo e uns movimentos que não só contrastavam com a dança africana que realizavam a alguns metros dali como davam a impressão de que podiam anulá-la, então pensei em denunciá-los assim que visse Arcadi ou algum dos sócios, porque aquele grupo, além de interferir na magia de Chabelo, colocava os garotos a correr pelas valas que havia entre os pés de café, e isso era uma coisa que nós nunca fazíamos porque, como mais de uma vez nos haviam dito, estragava o café; enquanto ia vendo tudo isso notei que o elefante estava ali também, não com os garotos, mas no cafezal, e sabia porque havia um sulco inteiro com os pés de café pisoteados, uma marca característica do elefante mas também pouco habitual, ele tinha ido ali uma única vez fugindo de um incêndio que tinha consumido, havia anos, um dos depósitos, um incêndio aliás horripilante, não pela destruição, que tinha sido grande mas não ultrapassara os limites da desgraça exclusivamente material, mas sim pela faísca social que o tinha acendido: um trabalhador tinha feito um corte na perna com uma máquina, um ferimento não muito grave mas extremamente espalhafatoso, com muito sangue, que terminou no consultório do filho de dom Efrén, o médico alcoólatra de bigodinho e mãos trêmulas que velara durante décadas pela saúde de Galatea; o filho também se chama Efrén, sem o "dom" para distingui-lo do pai, e herdou deste a forma obscura de praticar a medicina e o gosto pelas garrafinhas de rum, os vidros de álcool medicinal e os conta-gotas de iodo. Nós, como contei, confiávamos na xamana e não confiávamos nos médicos de jaleco branco, mas por outro lado os trabalhadores se negavam a deixar-se curar por uma índia e exigiam um médico que lhes desse uma receita e, sobretudo, um atestado assinado que lhes permitisse, bem respaldados pela lei, recuperar-se tranquilamente de suas doenças. González levou César, o trabalhador ferido, ao consultório de Efrén, e voltou três horas depois com ele, já curado e legalmente incapacitado para trabalhar durante 15 dias. César era quem dirigia a limpadora, a máquina que peneirava os grãos de café depois que passavam pela lavadora, uma máquina complexa porque durante anos tinham ido remendando os estragos com peças inventadas, um elástico, uma borracha, um arame amarrado na cabeça de um parafuso, de maneira que no momento do acidente a máquina era um Frankenstein que só César entendia e portanto sua recuperação era esperada com certa ansiedade, sobretudo porque, na primeira consulta que Bages lhe tinha feito durante sua convalescença, César tinha dito que estava de licença médica por um acidente de trabalho e que não tinha por que ocupar-se, durante esse período, de assuntos de trabalho. Quinze dias mais tarde César apareceu nos escritórios com uma bengala, a perna ainda enfaixada e um novo atestado médico que lhe outorgava outros 15 dias de convalescença, assinado pela mão trêmula de Efrén, ou Efrencito, como era mais conhecido na plantação. A história se repetiu duas vezes da mesma forma, César aparecia no escritório com sua licença médica renovada e sua perna ferida envolta numa atadura. A operação às cegas da máquina começava a se refletir na contabilidade da fazenda, cada vez que surgia algum defeito, uma mola, uma engrenagem, uma peça quebrada, era preciso resolvê-la à base de inspiração porque César se negava a cooperar enquanto estivesse de licença médica, e a lei o respaldava, como ele mesmo dizia cada vez que Arcadi ou Bages insinuava que sua atitude começava a custar-lhes muito dinheiro. Estavam nesse estica e puxa quando um dia o doutor Angulo, um amigo de Arcadi que morava em Orizaba, veio comer em La Portuguesa e na hora dos licores veio à baila o caso do César e do seu ferimento incurável que já ia para dois meses. O doutor se interessou pelo caso porque lhe parecia estranho que a ferida nem cicatrizasse nem se complicasse numa infecção maior e, segundo o que lhe tinham explicado, permanecia numa espécie de limbo que, visto com maus olhos, era muito conveniente para o trabalhador, então animado por Arcadi e também pelos anises que tinham bebido, o doutor Angulo se levantou da sobremesa para ir examinar o ferimento. A primeira coisa que viram ao chegar à casa, uma construção modesta de madeira com teto de palma, foi César, sentado em uma poltrona instável, bebendo cerveja; ao seu redor uma galáxia de crianças esfarrapadas brincava de correr e dava para ver sua mulher ao fundo, cozinhando alguma coisa no fogão. "Boa tarde, César", disse Arcadi, e em seguida explicou o motivo de sua presença e acrescentou que tinha a impressão de que Efrencito não o estava tratando direito e em seguida ofereceu os serviços de seu amigo, e antes que César pudesse protestar, o doutor Angulo já tirava a atadura para examinar o ferimento, tocou aqui e ali e pediu permissão ao paciente para fazer uma coleta, "dói?", perguntou César sem soltar a garrafa que tinha na mão, "nada", disse o doutor, e num momento pegou uma amostra do ferimento e a colocou num tubo de ensaio. No dia seguinte o doutor Angulo chamou Arcadi para lhe dizer que o ferimento do César dificilmente ia sarar porque estava continuamente alimentado com cocô de cavalo. Uma investigação mínima, com dois ou três colegas e o testemunho do doutor Efrencito, esclareceu que César infectava propositadamente a ferida para continuar de licença médica. O caso enfureceu os sócios de La Portuguesa e decidiram por unanimidade demitir César, seu trambique o tinha marcado como um indivíduo funesto, e além disso, de tanto batalhar contra a máquina que era um Frankenstein, tinham aprendido a resolver suas doenças e seus caprichos. César levou seu caso à prefeitura, mas sua fraude era tão evidente que, embora sistematicamente decidissem contra os espanhóis, desta vez o veredicto foi contra ele e teve que ir embora da fazenda. Alguns dias depois, num domingo à meia-noite, quando todos estavam dormindo, César entrou na fazenda, rociou com gasolina as paredes do depósito onde guardavam o café já empacotado e ateou fogo. Foi fugindo das chamas, que segundo o povo puderam ser vistas em Galatea e em San Julián de los Aerólitos, que o elefante tinha entrado assustado no cafezal, da mesma forma que naquela tarde, cada vez mais ameaçada pela chuva que os negros invocavam com suas danças. O elefante fora de controle podia transformar-se numa arma de destruição maciça, e embora fosse a alma mais pacífica da plantação, e embora jamais o tivessem visto zangado, tinha dado, ao longo dos anos, de maneira involuntária, provas dos estragos que era capaz de produzir; tinha destruído objetos e aparelhos com uma arrepiante contundência e nos fazia correr espavoridos cada vez que o víamos procurando um lugar onde deitar para fazer a sesta. Em sua longa esteira de destruição havia árvores, dois muros, o capô da caminhonete que o capataz usava, uma máquina de cortar grama, um assador de carne e dois capítulos tétricos que incluíam seres vivos, o primeiro deles foi o de dois pintinhos que Carlota tinha comprado para nós no mercado e que Joan e eu cuidávamos com dedicação e esmero, tínhamos feito uma casinha para eles com uma caixa de papelão e todos os dias lhes dávamos água e alpiste, e não os tirávamos nunca dali porque já em alguma ocasião outros pintinhos tinham se atirado no poço, por isso com estes tínhamos extremado as precauções, passavam a maior parte do tempo em nosso quarto e só os deixávamos sair da caixa por alguns instantes e sob estrita vigilância, porque além do poço também nos preocupava que o Gos, ou algum felino ou cobra os comesse. Mas numa tarde nos distraímos, baixamos a guarda, fomos por um chocolate e os deixamos por um momento sozinhos na caixa, ao ar livre tomando sol e bicando alpiste, e quando retornávamos ao jardim vimos aterrorizados como o elefante passava por cima da caixa, e passava reto, nem aí, como se não acabasse de perpetrar um homicídio duplo com um único pisão; Joan e eu corremos para o lugar onde estava a caixa e tudo o que encontramos foi uma gosma de papelão, alpiste e penas amarelas. O segundo capítulo também foi dramático, embora agora que escrevo parece que teve seu lado cômico: cada vez que o elefante punha-se a dormir aparecia seu companheiro de sestas que era Félix, um velho gato que vivia na plantação desde antes de eu nascer, um belo dia tinha aparecido no jardim e ficou, exatamente da mesma forma que o elefante, que também tinha entrado ali depois de participar da fuga que tinha deixado sem animais o circo Frank Brown, e no que os sócios de La Portuguesa pensavam se o devolviam ou chamavam o diretor do zoológico de Veracruz, fomos nos afeiçoando a ele e como ninguém o reclamava nem ele fazia nada para ir embora, acabou ficando. Provavelmente por isso, porque os dois tinham chegado da mesma forma à fazenda, dormiam juntos a sesta, o elefante se deitava com grande alarde e em seguida chegava o gato e se encolhia ao lado dele; até que um dia o elefante mudou de posição durante o sono e acabou com a sesta e com a sétima vida de seu companheiro; ou isso foi o que acreditamos que aconteceu, o que foi possível reconstruir a partir do saldo daquela tragédia, porque o elefante se levantou com normalidade, fresco e de bom humor depois de sua sesta, e foi caminhar pela selva, e foi só no dia seguinte, quase 24 horas mais tarde, que Teodora descobriu uma mancha preta na grama, que à primeira vista parecia de lodo mas que, vista com atenção, era tudo o que restava do pobre Félix. "O bom é que morreu sem sofrimento", tinha pontuado então Sacrossanto, que sempre tinha pronta alguma frase para consolar os outros, enquanto erradicava com uma enxada os restos do gato. Aquelas evidências de sua destrutividade nos faziam pensar no momento hipotético em que, arrebatado pela dor, pelo medo ou pela perseguição, perdesse o controle e arrasasse a plantação;

isso era uma coisa na qual às vezes se pensava e nada mais, o elefante enlouquecido não podia ser uma de nossas preocupações porque em La Portuguesa tínhamos medos mais arraigados, mais clássicos, como o medo da invasão, ou da expulsão, ou da revolta indígena, o medo de ficarmos outra vez sem nada, outra vez sem país, o medo de purgar um segundo exílio.

Seguindo o sulco devastado por sua passagem dei com ele, estava junto à cerca que delimitava a fazenda comendo grama, com a cabeça metida na propriedade do empresário Aguado; apesar do barulho da música eletrificada e da animação dos jovens que corriam e dançavam por dali e dos relâmpagos que caíam cada vez mais perto, o elefante parecia tranquilo, estranhamente alheio ao caos que o rodeava, era provavelmente o único habitante de La Portuguesa que não acusava a neurose que começava a atingir todos, embora alguns minutos mais tarde, em plena revolta, atravessaria correndo o jardim, com a tromba para o alto e barrindo a plenos pulmões e, milagrosamente, não deixaria mais que coisas quebradas e trombadas simples, pessoas derrubadas que logo depois, uma vez recuperadas do susto, levantaram e foram embora andando sozinhas, algumas mancando, outras segurando um braço, mas sozinhas. A horrenda versão de *Juana La Cubana* tinha sido a última de Los Garañones del Acultzingo e imediatamente depois, quando eu já caminhava de volta para casa depois de ter visto o elefante, subiram ao cenário Los Locos del Ritmo, soube pela gritaria que sua aparição provocou, mas também porque imediatamente começaram, temerosos de que a chuva os interrompesse em qualquer momento, com a absurda canção do *Popotitos*, aquela música sem sentido que ouvíamos no rádio das criadas sobre uma magra esvaída que não era um "primor", mas dançava que dava "pavor", é absurdo que a dança de uma magra lhe cause pavor, mas enfim, essas eram as estrelas mexicanas de rock que o governo permitia, bandas de jovens inócuos, insossos, que cantavam suas desavenças com um cão lanudo que não os deixava ficar a sós com suas namoradas, anos depois que Jim Morrison cantasse que gostaria de matar seu pai e transar com a própria mãe; aquilo era o que havia na festa do prefeito Changó que, aliás, a essas alturas, de acordo com o minucioso registro fotográfico feito por Puig, já jogava suas cabeçadinhas no ombro de seu comandante Teófilo, aquele homem de mãos curtas e tórax incomensurável que finalmente tinha optado pela conivência e pelo brandy, e tinha deixado de lado, ou pior, nas mãos de seus ajudantes, a segurança do evento. O prefeito passava da sonolência alcoólica que o depositava no ombro rechonchudo do seu comandante à explosão jubilosa e roqueira que o levava a elevar sua taça, e quase sempre a derramá-la, e a mostrar com suas gargalhadas seus dentes emendados com amálgamas toscos e suas meias três-quartos de mulher com seus coices; o ânimo do prefeito subia e baixava segundo as vazantes do ânimo geral e da gritaria que proferia ou regulava o povo, era, como se diz, um marionete da coletividade, sei porque Màrius esteve ali perto e me contou. A horda de bravos que saltava, dançava e serpenteava, que já a estas horas havia levado a grama, os arbustos e algumas árvores, fazia de sua excelência o prefeito, que continuava sentado no seu trono branco, um personagem excêntrico; há uma foto em que ele aparece cochilando, a ponto de encostar novamente no ombro rechonchudo do comandante, cercado de jovens que, de acordo com a memória visual do Màrius, estão dançando a música *Popotitos*, e um deles, que aparece à sua esquerda, está dando um salto incrível e dá para vê-lo com as pernas encolhidas no ar e a grenha dispersa tapando-lhe o rosto, a uma altura insólita, mais acima da cabeça do prefeito cujo trono, como se disse, estava montado sobre um praticável. Precisamente depois de que Puig fizesse essa foto, ao que parece na metade da *Popotitos*, caiu um relâmpago com um trovão que se sobrepôs à canção e imediatamente depois começou a chuvarada. Os músicos tinham um teto precário que resistiu ao número seguinte, que foi, aliás, *Perro Lanudo*, depois do qual tiveram que se retirar, mas antes disto, quando começava o aguaceiro, um numeroso grupo de jovens que não tinha conseguido entrar no evento, e que ficara ali ouvindo a música fora da fazenda, aproveitou a confusão gerada pela chuva para entrar à força, e a violenta força que fizeram provocou, como reação, que as pessoas que estavam dentro derrubassem uma das cercas e que dezenas de espectadores irrompessem bruscamente nas áreas privadas de La Portuguesa. Eu via tudo isto do cafezal onde a chuva tinha me surpreendido, ia correndo para comunicar o paradeiro do elefante e também a presença dos intrusos, mas quando cheguei ao jardim vi que sob a marquise da parte traseira de nossa casa havia uma vintena de desconhecidos refugiando-se da chuva; e conforme me aproximava vi que nas demais casas acontecia a mesma coisa, atrás da de Bages havia outro tumulto e mais à frente, a caminho dos escritórios, um grupo de indivíduos desorientados procurava onde se abrigar da água que caía com muita força. À escuridão provocada pelas nuvens se somou a do entardecer, uma noite súbita caíra sobre a selva, e o barulho do dilúvio sobre a flora e a terra tinha estendido um véu sobre o estrondo da música elétrica, um véu que, mais que atenuar, distorcia a barulheira. Por momentos, devido ao lance espetacular dos relâmpagos que iluminavam de repente toda a fazenda, a paisagem alcançava notas dramáticas e, sobretudo, potencializava a irrealidade do entorno, punha em relevo aquela situação anômala: as silhuetas dos invasores recortavam-se aqui e acolá com cada explosão de luz branca, cada raio impregnava minha retina com uma marca do perigo. Arcadi e seus sócios estavam concentrados no terraço de Puig, e meu pai, que tinha chegado há algumas horas do México, conversava com eles, não tinham ângulo para ver o que tinha começado a acontecer há alguns instantes, falavam ao redor da mesa e bebiam um *menjul* intranquilo, porque estava claro que a situação não estava para drinques, mas por outro lado, imagino, estavam contentes de que a chuva acelerasse o final do show e de que esse parêntese de caos em La Portuguesa estivesse prestes a fechar. Eu os avistava de longe, da beira do cafezal, enquanto corria para eles, estavam ali sentados como sempre, como se não estivesse acontecendo nada, como se estivessem atravessando, montados numa réstia de drinques, uma tarde qualquer; vi com ansiedade como, no instante em que um relâmpago desenhava as silhuetas de meia dúzia de intrusos que se amontoava debaixo de uma palmeira, os patrões da fazenda, permanentemente expostos sob a luz elétrica da varanda, explodiam numa gargalhada por algo que dizia Puig, que estava de pé com uma toalha nos ombros e um *menjul* que uma das criadas acabava de lhe pôr na mão, como podiam rir? Por que ninguém estava consciente de que estavam invadindo nossa casa? Ia me aproximando da varanda e vendo tudo através do monte de chuva que caía nos meus olhos, tentava não cair porque na fazenda bastavam alguns minutos de tempestade para que o chão virasse um lodaçal, um pântano, onde os pés podiam afundar até o tornozelo, que arrancava os "vermes de água", larvas brancas que viviam no limo do subsolo e que saíam à intempérie, ou eram expulsas, sempre que caía certa quantidade de chuva, e nessa noite as larvas refulgiam cada vez que estalava um relâmpago, eram um fervedouro, uma confusão de criaturas nervosas que invadiam a terra e grudavam nos sapatos e nas calças. Em algum momento pensei que o melhor era ir para casa, que estava mais perto, mas rapidamente descartei a ideia porque não vi ninguém na varanda e não sabia quem podia estar dentro, e em qualquer caso era melhor avisar sobre o desastre na casa de Puig onde havia gente à vista que podia fazer alguma coisa. Dois minutos mais tarde ficaria sabendo que na varanda de casa havia alguém, que a chuva me impedia de ver, e também o lodaçal, que entorpecia meus passos e me distraía. Nas últimas fotos que Puig fez daquele dia, antes de reunir-se com seus sócios na varanda, dá para ver os estragos a que foi submetida a área do show, assim que começou a chover aquilo se transformou num lamaçal sobre o qual muitos continuavam dançando, enquanto outros, mais entusiastas, tinham passado a escorregar e se jogar na lama. Estas fotos são uma série de imagens infernais em que as pessoas aparecem tiranizadas pela chuva e pelo lodo, abatidas no chão ou caindo de mau jeito a ponto de quebrar um osso e nas quais entretanto todos, homens e mulheres, sorriem, e a associação destes sorrisos com o ato imundo que os provoca faz pensar num sabá em que se dança em volta do bode. Essas fotos infernais que Puig fez antes de refugiar-se da chuva na sua varanda ficaram como o preâmbulo da desgraça que chegou alguns minutos mais tarde. Há uma imagem que Màrius mandou ampliar e emoldurar, e que pendurou na sala de sua casa em Barcelona, é uma foto pela qual Puig, seu pai, recebeu o único prêmio da sua vida, se descontado o galardão *Blue Jay of Ontario*, que foi outorgado, a ele e a seus sócios, pela Câmara de Comércio daquela região canadense, como reconhecimento à qualidade do café que produziam na fazenda; descontado este, não resta na biografia do Puig outro prêmio além do Barbara Forbes Award, uma medalha outorgada por essa associação de fotógrafos com sede em Agustín, Texas, em cuja sala de exposições se apresentou, graças à persistência do empresário Aguado, essa breve seleção de fotografias, da qual já falei antes, intitulada *A Sight of the Mexican Jungle*; e em meio àquele bricabraque que, apoiado numa caprichosa hierarquização, o empresário tinha editado, estava esta foto que foi premiada e depois incluída no catálogo que a associação mantém até hoje na sua página da internet. Na imagem que preside a sala da casa de Màrius, uma das últimas que Puig fez naquela tarde, vê-se o prefeito com seu terno branco, sua taça de brandy na mão e a cabeça no ombro rechonchudo do comandante Teófilo que, por sua vez, também cochilando e com o copo na mão, encosta sua cabeça na do prefeito; ao redor dançam sob a chuva e se jogam na lama os jovens infernais a quem o *Perro Lanudo* colocava eufóricos, enquanto o prefeito e seu comandante, isolados do barulho e sob a chuvarada inclemente, dormem a bebedeira de suas vidas. A versão desta fotografia colocada na internet tem um título bolado pelas pessoas da Fundação Barbara Forbes, no qual fica evidente a má vontade e o desprezo que estes fotógrafos do Texas observam frente a seus vizinhos mexicanos; o título é simples e incisivo: *Mexican Dreams*. Outra das fotos da série final fez com que eu e Màrius ríssemos uma tarde inteira; durante essa etapa, faz alguns meses, passei muito tempo na casa de Guixers observando, com uma lupa, as fotografias de Puig; estava reconstruindo esta história e precisava perscrutar os detalhes de cada imagem, tinha querido levar a coleção a Barcelona para observá-la no meu escritório com calma e a oportunidade de ir tomando notas de maneira mais ordenada e sistemática, mas Màrius havia se negado, argumentando pretextos absurdos, tinha saído com uma série de cuidados e considerações excessivos, como se as fotos fossem de Robert Capa, e não de Puig o exilado, e ficou tão mal cada vez que insisti que me emprestasse a coleção, que acabei observando as fotos e fazendo minhas anotações na mesa de sua casa, exposto aos bufidos de Ming o chinês, e distraído pelas contínuas intervenções do meu anfitrião, "*aquesta foto és bellíssima*", dizia olhando uma imagem com os olhos entrefechados; "*fem un gim tonic?*", gritava da varanda cada vez que considerava que eu tinha passado muito tempo observando as fotografias, e quando lhe dizia que não, saía da cozinha com um pratinho e um sorriso de sátiro: "*Als una oliveta?*" Mas naquela tarde em especial a interrupção de Màrius foi muito proveitosa, e além disso chegou justo quando começava a me cansar de observar e de fazer anotações, foi ele quem me mostrou um detalhe que me fez soltar uma gargalhada e dar um tapa na mesa que provocou um bufido longo e profundo do chinês. A foto é um enquadramento típico de show, com a banda a toda tocando certamente o inefável *Perro Lanudo*, e um monte de cabritinhos, imunes ao lamaçal e à chuvarada, apinhados diante do palco. Los Locos del Ritmo estão de cara feia, vê-se que temem que de um momento para o outro o precário teto venha abaixo e que o efeito da água sobre os instrumentos elétricos lhes dê um susto. A imagem é, novamente, de uma excentricidade incrível, o cenário com os músicos está embutido na espessura da selva, há na composição um rude contraste entre a festa musical e a vegetação saída de seu leito, que não fica nada a dever ao projeto daquele empresário que montava óperas na selva amazônica. Seguindo a observação que com um sorriso malicioso Màrius acabava de fazer, coloquei a lupa sobre a bateria da banda, concretamente sobre o tambor grande, onde as bandas costumam pôr seu nome, e o que vi me fez soltar uma gargalhada e dar o tapa que fez o chinês bufar: o nome não era Los Locos, mas Los "Cholos" del Ritmo. "Então ainda por cima aqueles filhos da puta eram uns impostores", disse a Màrius e ele, que esteve ali na primeira fila, assegurou-me que eram muito convincentes, "tocavam tão mal quanto os autênticos", disse. Puxando pela memória nos lembramos de algo que haviam dito no dia seguinte em *Las rías de Galatea*, mas não tinha tido nenhuma relevância porque o que aconteceu depois do show acabou eclipsando tudo. Mas eu tinha ficado correndo sob a chuvarada rumo à varanda de Puig, onde os patrões, permanentemente iluminados pela lâmpada que pendia do teto, acabavam de explodir numa gargalhada; ia tentando manter o equilíbrio no lodaçal, com chuva nos olhos, os sapatos e as calças cheias de larvas, e vigiando com crescente apreensão, cada vez que caía um relâmpago, as silhuetas dos invasores recortadas contra a luz branca, debaixo de uma marquise, ou de uma palmeira, ou errando de um lado para o outro movidos pela curiosidade e pela malícia, porque já disse que falavam coisas, quase sempre exageradas, sobre a vida que levávamos e das coisas que aconteciam ali, ou provavelmente erravam porque não sabiam como sair da fazenda, não dava para saber, tudo acontecia em segundos e não havia tempo para fazer nenhum diagnóstico. Os falsos Locos del Ritmo suspenderam o show ao terminar a segunda canção, o teto veio abaixo e se produziu alguma chispa, e então os impostores não quiseram tocar mais frente às exigências e ameaças do secretário Axayácatl que, assim que tinha visto que seu patrão e o comandante continuavam enfiados na bebedeira de suas vidas, tinha aceitado o argumento das chispas e da eletrocução, que por outro lado eram argumentos mais sólidos e evidentes do que a dignidade artística que tinham esgrimido, duas horas antes, os integrantes do grupo El Mico Capón. As pessoas que tinham vindo de longe para ver a banda internacional se sentiram muito defraudadas e logo passaram da euforia ao aborrecimento e da zanga à cólera. A música acabou justamente quando eu alcançava a varanda de Puig, de repente só restaram o ruído da chuva caindo sobre a selva e um murmúrio de vozes que aumentava. Entrei no terraço jorrando água, mais que do cafezal parecia que tinha saído do fundo do rio, e no que ia explicar o que tinha visto, que me preocupava e me tinha feito correr na intempérie sob o aguaceiro, caiu um relâmpago ensurdecedor que fundiu a instalação elétrica e deixou a fazenda às escuras. "O que faz toda esta gente aqui?", perguntou Bages exaltado, porque ao me ver recém-tirado do rio topou, pela primeira vez, com os intrusos que começavam a encher o jardim, e no que dizia isto se levantou e alguma coisa de vidro, provavelmente seu copo, caiu no chão e se despedaçou; eu não precisei explicar mais nada, em seguida caiu outro relâmpago que iluminou a turba; Gos latia com desespero ao longe, provavelmente no lugar onde a cerca tinha caído, e o capataz, com uma lanterna na mão, tentava se fazer ouvir frente a um grupo que gritava e lhe exigia responsabilidades. Meu pai me falou que corresse para casa e que me trancasse ali com todos, e que ninguém saísse até que a crise tivesse terminado, e dito isto foi com os outros enfrentar a camarilha que acossava o capataz. Saí novamente à chuvarada e ao lodaçal rumo à casa, tinham se passado apenas alguns minutos desde que começara minha corrida pelo cafezal e já estava difícil deslocar-se pelo jardim, tive que abrir caminho entre as pessoas que estavam ali, na chuva, pensando o que fazer ou para onde ir; no meu tortuoso deslocamento dei de cara com Lorena que procurava desconcertado os seus, escrutinava a escuridão com os olhos muito abertos e ao topar comigo esboçou um sorriso, seu sorriso irresponsável de negro pícaro e disse "viu como está chovendo, nossa magia é grande"; eu lhe disse que sim com pressa porque tinha urgência de chegar em casa e também porque então não duvidava da efetividade dos seus feitiços. Ao chegar vi que a única luz era uma lâmpada de óleo que Sacrossanto tinha acendido e que estava pendurada num gancho na varanda. Tudo tinha acontecido muito rápido, e o final do show e a invasão tinham pego Marianne, que estava, como era habitual, esperando a hora do jantar na varanda, e o rapaz de surpresa. Sacrossanto tinha sido surpreendido pela turba e quando quis dar um jeito, meter-se em casa ou chamar alguém para que o ajudasse, já não era possível porque os intrusos bloqueavam a entrada e ostentavam uma atitude que não convidava nem à negociação nem ao diálogo. Mas isto não são mais que hipóteses porque ninguém conseguiu perguntar nada a Sacrossanto, nem ninguém voltou a vê-lo depois dessa noite. O que eu vi chegando em casa, depois de ver a lâmpada de óleo, não necessitava explicações: Sacrossanto tinha desembainhado o facão e ameaçava com ele a turba; estava de costas para Marianne, defendia-a corajosamente com seu corpo ao mesmo tempo que discutia com dois rapazes, sem que eu pudesse ouvir nada do que diziam, alguém lhe arrebatou o facão, enquanto outro o empurrou com força e o fez cair violentamente no chão. Tudo acontecia em segundos, eu estava ali atônito sem poder entrar em casa quando Marianne, ao ver que os intrusos tinham pego Sacrossanto, teve uma de suas fúrias súbitas e se levantou bruscamente, e antes que a corrente voltasse a segurá-la para trás, empurrou a cadeira de balanço e ficou de pé, presa pela gargantilha, mas em uma posição que lhe permitiu bater brutalmente na cara do rapaz que tinha empurrado Sacrossanto, e dar dois pontapés num que estava perto, e assim que tentou bater em outro que estava mais à frente sofreu um puxão da corrente que a fez perder o equilíbrio e cair também no chão. Os intrusos estavam paralisados frente àquela loira furiosa que os atacava, mas um deles, que tinha levado o golpe na cara, arremeteu contra Marianne: que continuava no chão, começou a lhe dar pontapés e Marianne que era mais forte que ele, agarrou-o por um pé e o derrubou ao seu lado e aí começou a lhe dar tapas na cara e no tórax até que o rapaz começou a bater nela. A partir desse momento começou o pandemônio, a dúzia de invasores que havia no princípio diante da varanda se multiplicou e já não havia jeito, não apenas de entrar em casa, mas também de avisar alguém sobre o que estava acontecendo, e a única coisa que me passou pela cabeça foi pedir auxílio a plenos pulmões, auxílio para a mulher a quem todo o dia tinha desejado a morte mas nesse instante, quando outros estavam a ponto de tornar realidade meu desejo fervoroso, pensei que não podia permitir isso nem ia suportar que alguém a matasse, assim agarrei a corrente do Gos que estava em cima de um banco e com ela comecei a bater nas costas do indivíduo que batia em Marianne, e consegui fazê-lo duas vezes porque quando ia tentar a terceira o indivíduo virou e me atingiu, era um rapaz de rabo de cavalo e adereços hippies que apelavam ao *peace&love* e à tolerância e no entanto me acertou um soco que nada tinha a ver com isso, uma cacetada certeira que me mandou para o chão e me deixou aturdido. Assim que conseguiu se recuperar, Sacrossanto se atracou a trombadas, já sem seu facão que tinha caído com o empurrão, contra o indivíduo que estava em cima de Marianne, mas de pouco adiantou seu esforço e ainda por cima incitou o resto dos intrusos, que a essa altura da peleja já tinham conseguido perceber que aquela mulher loura e branca era um perigo, uma fera e um inimigo a vencer como qualquer outro. Sacrossanto, que não era nem muito forte nem muito feroz, ficou outra vez fora de combate, a única coisa que me ocorreu ao ver como batiam em quatro na pobre Marianne, que se retorcia desesperada no chão presa pela corrente, foi me arrastar até onde Sacrossanto estava, pedir-lhe a chave da gargantilha e libertá-la para que pudesse se defender sem aquela desvantagem, era tudo o que podia fazer porque então já me parecia muito claro que ninguém viria nos ajudar, os que estavam dentro da casa ou não podiam sair ou não estavam sabendo do que estava acontecendo na varanda, e os que estavam fora, como meu pai e meu avô, estavam metidos em suas próprias batalhas, então me arrastei até onde Sacrossanto jazia ferido, com sangue na boca e ferido por uma pancada nas costas, mas não cheguei a pedir-lhe a chave porque no instante em que ia fazê-lo, um instante capturado dentro dos segundos em que tudo estava acontecendo, mudou a aparência da violência: o hippie que tinha me batido, que originalmente tinha apanhado de Marianne, um tal Chuy conforme ouvi, ordenou aos colegas que parassem porque a surra começava a ser excessiva, "a moça está indo", disse textualmente Chuy e assim que seus companheiros suspenderam a chuva de pancadas ele estendeu o corpo encolhido de Marianne e diante da vista de todos, a deles mas também diante da minha e da de Sacrossanto, arrancou-lhe a calcinha, abriu a braguilha e começou a violá-la. Então para mim o tempo parou, caiu na varanda um espesso silêncio, uma couraça que durante vários segundos não permitiu que passasse o barulho da tempestade e dos relâmpagos, uma surdez equivocada e vã porque o que cabia era fechar os olhos. Marianne tinha sangue no rosto e no vestido e tão inerte como estava pensei que tinha morrido e me senti aliviado de que não tivesse visto o abuso que cometiam contra ela e também me aliviou que ninguém mais da família estivesse vendo o que eu via, tratava-se certamente de um alívio relativo, de um pretexto para não desmoronar porque vendo-a morta não parava de pensar que as palavras que tinha dito toda a manhã, e repetido com tanta sanha, tinham-na matado, mas imediatamente, porque tudo passava muito depressa, Marianne abriu os olhos e seu olhar estrábico encontrou o meu, estávamos os dois atirados no chão e aquele olhar me deixou de repente sem o alívio de vê-la morta, subitamente desmoronado, e foi daquele fundo que percebi que não havia nenhum silêncio e que os amigos de Chuy o animavam a gritos e a frases descaradas e a assobios, e então me levantei e assim que quis fazer alguma coisa, alguma coisa à altura da minha desvantagem, algo certamente inútil e inócuo, fui retido por dois de seus colegas e então voltei a gritar socorro e gritei para Sacrossanto que fizesse alguma coisa, duas ou três vezes, mas ele continuava muito surrado, fora de combate, olhava extraviado para a pobre Marianne que já nem se defendia, estava caída imóvel, inerme e com a cabeça que balançava de forma grotesca, independente do corpo, segundo o ritmo que lhe impunham os violentas investidas de Chuy, "deixem-na já!", gritava eu inutilmente porque ninguém podia me ouvir com aquele escândalo de gritos, água caindo a torrentes e relâmpagos que iluminavam tudo e um instante depois nos deixavam imersos na escuridão mortiça que procurava a lâmpada de óleo. De repente a multidão se dispersou e sobre os gritos ouviu-se uma gritaria e imediatamente depois passou correndo o elefante, com a tromba para o alto e barrindo com um ímpeto que mandou calar tudo e todos, os invasores e os relâmpagos, passou ao largo fazendo tremer a casa, arrolando quem não conseguia se afastar e sua corrida contundente, que se percebia como um desmoronamento, como uma avalanche de terra, fez com que Chuy abandonasse precipitadamente o corpo inerte de Marianne e que no terraço se organizasse uma multidão de jovens aterrorizados, que não sabiam se voltavam a correr ou ficavam ali ou invadiam a casa para refugiar-se. O terraço se encheu de pernas e eu perdi de vista o corpo de Marianne, fiquei livre das mãos que me seguravam graças à desordem súbita. Abri caminho como pude para socorrê-la, para ver se continuava viva e em que condições a tinha deixado o animal que a tinha violado e assim que cheguei a ela, assim que por fim meus olhos deram com os seus, vi que outro homem a violava aproveitando o caos, outro homem que tinha aberto um espaço em meio ao tumulto de pernas e sapatos atacava com dureza e brutalidade seu corpo. Aproximei-me dele, interpelei-o com toda a minha força dos ombros e do pescoço e, quando por fim ficamos cara a cara, vi que o homem era Sacrossanto.

Este livro foi composto na tipologia Minion, em
corpo 11,5/16, e impresso em papel off-white
80g/m² no Sistema Cameron da Divisão Gráfica
da Distribuidora Record.